묻다

열린책들 하다 앤솔러지 2

묻다

김솔
김홍
박지영
오한기
윤해서

차례

고도를 묻다　　　　　김솔　　　7

드래곤 세탁소　　　　김홍　　　61

개와 꿀　　　　　　　박지영　　89

방과 후 교실　　　　　오한기　　143

조건　　　　　　　　　윤해서　　175

고도를 묻다
김솔

1막. 시골길, 나무 옷걸이 하나가 서 있다.* 그 아래에 앉아 낡은 군복을 입은 노인이 군화를 벗으려고 애쓴다. 어디에도 소총이나 모자는 없다. 그의 불안한 시선은 한곳에 잠시 머물지 못하고 매번 미끄러진다. 그때 한 남자가 다가온다. 그는 몸에 꽉 들러붙는 타이츠를 입고 헬멧을 썼다. 하지만 자전거는 보이지 않는다. 게다가 더 이상 속도를 탐닉할 수 없을 만큼 다리는 마르고 구부정하다. 하지만 그들의 기억과 인생을 존경하는 의미로 군인과 경주자라고 각각 부르겠다.

퇴역 군인   나는 34년 6개월 동안 하루도 거르지 않고 군화

* 사뮈엘 베케트의 『고도를 기다리며』(오증자 옮김, 민음사, 2000년)는 이런 문장으로 시작한다. 〈시골길, 나무 한 그루가 서 있다.〉

를 신었지. 하지만 벗을 땐 언제나 이 모양이야. 군화 속에서 누군가가 내 발목을 잡는 것 같다니까. 아직도 전쟁으로 해결해야 문제들이 세계 곳곳에 산적해 있는데, 빌어먹을 공무원 놈들은 연금 계산이 귀찮을 때마다 내가 스스로 저 옷걸이에 목이라도 매길 기도하겠지? (겨우 군화 한 짝이 벗겨졌다. 군인은 그것을 옷걸이에 걸고 다시 앉는다. 그러고는 다른 한 짝을 마저 벗으려다가 바닥으로 넘어진다.) 관 속에 누워서라도 한쪽 군화는 절대로 벗지 않겠어. 살아 있는 동안 나를 모욕했던 놈들의 엉덩이를 차줄 거야. (그는 공중으로 발을 차려다가 또다시 바닥을 구른다. 멀리 숨어서 이 광경을 지켜보던 경주자가 배를 붙잡고 웃으며 옷걸이에 걸린 군화 쪽으로 다가간다. 군화 끈으로 목을 매는 시늉을 한다. 그러다가 실제로 군화 끈에 목이 조여 오자, 경주자는 당황해 끈을 풀기 위해 버둥거린다. 겨우 죽음에서 풀려난 그는 얼굴을 돌린 채 팔만 뻗어 군화를 옷걸이에 건 다음 멋쩍게 웃는다.)

퇴물 경주자 이렇게 무거운 걸 신고 어떻게 전쟁터에서 살아남을 수 있었는지 모르겠군. 우리 경주자들은 달리는 속도를 높이려고 몸에 난 터럭 한 올까지 모두 밀어 버리는데 말이야. 물론, 네가 전쟁터에서 쓰고 있었던 철모도 이렇게 날렵하게 생기진 않았겠지? (경주자는 마치 눈에 보이지 않은 총알을 피하는 듯 고개를 연신 좌우로 흔든다. 눈이 부신지 군인은 얼굴을 찡그린다.)

퇴역 군인 그렇게 빛나는 헬멧은 적들의 성난 총알들을 불러 모으는 데 안성맞춤이겠군. 전장에서 중요한 건 속도가 아니라 인내라고. 명령을 기다리지 않고 서둘렀다간 위험해지거든. 그래서 한쪽 귀가 들리지 않는 놈들로만 내 소대를 채웠지. 평생을 질주해 온 너는 어쩌면 지금도 자신이 너무 늦게 늙어 간다고 한탄하겠지만, 서두른다고 고도 Godot를 먼저 만날 수 있는 건 아니야. 그가 나타날 때까지 기다리는 수밖에 없어. (군인은 두 짝의 군화를 번갈아 쳐다본다. 아마도 옷걸이에 걸려 있는 군화 한 짝이 자신의 발에 저절로 신겨지거나, 신고 있는 군화 한 짝이 벗겨져서 옷걸이에 걸리는 순간을 기다리는 듯하다.)

퇴물 경주자 너는 왜 나를 여기서 기다리고 있었던 거지? 사실 이곳으로 오다가 남루한 자들을 여럿 만났지. 그들은 하나같이 고도를 기다린다고 말했어. 하지만 내가 고도라고 아무리 말해도 전혀 믿질 않더군. 맹세하건대, 양치는 소년을 시켜서 그들에게 내가 내일 꼭 나타나겠다고 약속한 적은 없어. 설마 네 소행은 아니겠지? 너는 평생 명령만을 좇은 군인이었으니까 의심을 살 만도 하지. 너무 많은 명령을 내렸거나 명령이 서로 모순돼서, 너는 이제 아무것도 기억할 수 없겠지만. (경주자는 도망칠 통로나 숨을 곳을 찾으려는 듯 주위를 급히 살핀다. 군인은 손가락으로 권총을 만들어서 옷걸이에 걸려 있는 군화를 겨냥한다. 경주자의 시선이 군인의 집게손가락 끝에 멈춘다.)

퇴역 군인 하긴 프랑스어를 전혀 모르는 신병들은 〈군화 — 고디요godillot — 를 신으라〉는 내 명령을 잘못 알아들었을 수도 있겠군. 그들 중엔 아예 국적이 없는 놈들까지 있었으니까. 국적이 없더라도 직업은 꼭 있어야 했지. 하지만 내 명령만큼은 완벽하게 알아듣고 힘껏 따랐다네. 왜냐하면 내 명령은 언제나 논리적이었으니까. 군화를 신고 있으면 차분해지는 건 사실이야. 성경을 몸에 지니고 있을 때도 그렇진 않았어. 그런데 방금 네 이름이 고도라고 말한 것 같은데. 그러면 네게도 이 군화가 마음의 평화를 가져다준 적이 있었단 말이냐? (군인은 경주자의 인중을 향해 손가락 권총을 겨냥한다. 경주자는 놀라 급히 엎드리면서도 군인의 총을 빼앗기 위해 팔을 공중에 허우적거린다.)

퇴물 경주자 군화를 신고 자전거를 타는 건 마치 악마를 데리고 천국에 들어가려는 행동과 같겠지. 난 지금까지 단 한 번도 군화를 신고 거룩한 프랑스 땅을 짓밟은 적은 없다. 어려서 앓은 결핵이 날 전쟁의 광기에서 격리해 주었지. 자전거를 배울 수 있던 것도 그 덕분이었어. 전쟁이 시작되기 전부터 나는 투르 드 프랑스Tour de France에 매년 참가했지. 인간 공통의 육체와 정신의 한계를 모두에게 확인시켜 주는 일이야말로 전쟁을 막는 확실한 방법이라고 생각했거든. 그래서 마치 내가 인류 전체를 대표하는 것인 양 사명감으로 무장한 채, 헬멧을 공중으로 쉬지 않고 밀어 올리면서 페달을 밟았지. 수상대에 올라 전 세계에 이름을 알리진 못했지만, 고향 사람들 사이에선 제법 주목받았어. 검게 그을린 내가 지나갈 때마다 사람들은 이렇게 소리쳤지. 〈고도가 우리를 명예롭게 해줄 거야.〉 왜 그들이 나를 그렇게 불렀는지는 아직도 모르겠어. 하지만 나는 그들을 명예롭게 해주지 못했기 때문에 지금까지도 그 이유를 묻지 못했지. 그리고 그게 내가 아직도 은퇴하지 못한 이유라네. 더 이상 페달을 밟지 못할 만큼 내 육신이 늙었다는 건 인정하지만 그렇다고 아주 포기한 건 아니야. 몇 년 전엔 피레네산맥의 내리막길에서 수십 대의 자전거가 엉키는 바람에 제일 많이 뒤처져서 달리던 무명 선수가 우승자가 됐다는 사실을 알고 있나? 투르 드 프랑스에 출전할 자격을 얻을 수만 있다면 악마의 발뒤꿈치라도 혀로 핥겠어. (마치 경주자는 자전거의 페달을 돌리고 있는 것인 양 몸을 좌우로 흔들어 균형을 잡으면서 힐끔힐끔 뒤를 돌아보거나 손목을 들여다보기도 했다. 하지만 그는 손목시계를 차고 있지 않았다.)

퇴역 군인   그렇다면 내 생각이 완전히 틀린 건 아니었군. 난 고도가 누군지 모르지만 적어도 한 명은 아닐 것으로 생각했지. 그래서 설령 그를 만나더라도 명예를 생명처럼 다루는 군인답게 절대 굽신거리지 않을 작정이었네. 왜냐하면 구원을 명령할 수 있는 사람은 오직 한 사람뿐이기 때문이지. 부화뇌동한다면 군인도 평범한 사람들처럼 실수하고 말 테니까. 그런데 번들거리는 네 헬멧 때문에 내 인내심이 줄어들고 있는 건 사실이야. (군인이 손가락 권총으로 경주자를 겨냥한 채 옷걸이로 다가가 군화를 집어 든다. 그사이 경주자는 헬멧을 벗으려고 버둥거린다. 보다 못한 군인이 군화를 신다 말고 경주자를 돕는다. 간신히 헬멧이 벗겨진 순간 땀으로 번들거리는 민머리가 드러났다. 군인은 마치 보물 상자를 최초로 열어젖힌 사람처럼 환하게 웃었다.) 설마 머리털까지 없앤 걸 지금 후회하고 있는 건 아니겠지? 네가 민머리라고 해서 조롱하는 자가 있다면 내가 가만두지 않겠다.

그러니 이것도 옷걸이에 걸어 두는 게 어때? (경주자는 군인이 쥐고 있던 헬멧을 신경질적으로 낚아채더니 그것 다시 쓰려고 애쓴다. 벗는 데 어려웠던 것을 쉽게 쓸 수도 없다.)

퇴물 경주자 네가 군화를 신고 있을 때처럼 나도 이걸 쓰고 있어야 평온해진다. 어떨 땐 내가 세상의 모든 갈등과 고통 사이를 유유히 헤엄치는 물고기로 변신했다는 상상을 하지. 민머리가 된 게 절대로 내 잘못이 아니지만, 불운이 나를 선택했으니 견뎌 낼 수밖에. 그게 인류가 진보해 온 역사라고 하니까. (경주자는 헬멧을 쓴 채 머리를 땅에 박고 물구나무를 시도해 보지만 번번이 넘어진다. 멀리까지 굴러간 헬멧을 군인이 집어 들어 경주자에게 건넨다. 경주자의 표정은 결연하고, 군인의 표정은 불안하다.)

퇴역 군인 이제 제발 그만해. 그 정도면 자넨 충분히 저항한 거야. (군인은 바닥에 떨어져 있는 군화를 들고 와 경주자의 머리 위에 놓인 헬멧을 내려치기 시작한다. 마침내 경주자는 헬멧을 쓰는 데 성공한다. 턱끈까지 조이고 나서야 비로소 여유를 회복한 경주자가 군인에게 악수를 청한다. 얼떨결에 군인은 손에 쥐고 있던 군화를 내밀고 그걸 받아 든 경주자는 군화 속에 코를 처박더니 곧바로 바닥에 내던진다.)

퇴물 경주자 이 고약한 냄새는 네가 전쟁터에서 저지른 죄악을 짐작하게 하는구나. 만약 고도가 군인이고 군인이 악마의 메시지를 가지고 오는 전령이라면, 우리는 그를 만나서 뭘 해야 하는 거지? 기억해 보니, 군인은 항상 내 자전거를 막아서서 으름장을 놓았던 것 같아. (군인은 자신의 호의를 무례하게 다룬 경주자를 밀치며 바닥에서 군화를 신으려고 애쓴다. 멋쩍은 경주자는 적당한 변명을 찾지 못한 채 옷소매로 헬멧의 표면을 닦을 따름이다. 갑자기 군인은 군화 신는 걸 멈추고 바닥에 배를 붙이고 엎드려 기어가더니 옷걸이 아래에 이르러 크게 소리친다.)

퇴역 군인 제군들, 저 태양을 쏘아라. 이건 명령이다. 맞춰 떨어뜨리는 자들에겐 고향에서 애인과 뜨거운 밤을 보낼 수 있도록 해주겠다. 만약 제군들 중 저 태양이 자전거 헬멧처럼 보이는 자가 있다면 그 즉시 사격을 멈춰라. 신기루는 적의 척후병일 뿐이다. 눈앞에 정체를 드러낼 때까지 기다려라. 복종하지 않는 자는 처벌 또는 죽음이 찾아갈 터. (놀란 경주자는 자전거를 타고 있는 것인 양 몸을 좌우로 흔들어 균형을 잡으면서 무대의 가장자리를 맴돈다. 그러면서 힐끔힐끔 뒤를 돌아보거나 손목을 들여다본다. 군인은 손가락 권총으로 경주자를 따라가면서 결정적 순간을 기다린다. 이때 무대 뒤에서 한 발의 총소리가 들린다. 경주자가 쓰러진다.

침묵을 잇는 침묵의 맴놀이. 한참을 꼼짝하지 않던 경주자가 양팔을 쳐든 채 무릎걸음으로 군인에게 다가간다. 놀란 건 군인도 마찬가지다.)

퇴물 경주자 부디, 이 늙은이에게 자비를. 분노의 군대는 사막으로 돌려보내시게. 너의 아량이 지중해보다 더 넓고 깊다는 사실을 더 이상 의심하지 않겠어. 순전히 명령 때문이겠지. 하지만 여기서 내가 너의 유일한 말동무라는 걸 잊지 마. 다시 명령이 내려오거든 제발 내가 도망칠 수 있는 만큼의 시간을 다오. 한때 난 고향에서 가장 주목받는 자전거 경주자였으니까 이 무대를 빠져나가는 데 그리 오래 걸리진 않을 거야. (경주자는 티베트의 순례자처럼 오체투지를 하며 군인에게 연신 조아린다. 여전히 움직이지 않고 시선만으로 사방을 살피고 있던 군인은 목소리를 낮춘다.)

퇴역 군인 너도 총소리를 들었단 말이지? (경주자는 바닥에서 소리가 날 정도로 이마를 찧는 것으로 군인의 물음에 대답한다.) 하지만 내가 쏜 게 아니야. 난 이미 권총뿐만 아니라 군인으로서 명예롭게 죽을 수 있는 권리까지 빼앗기고 겨우 군복과 군화만 건졌지. 하긴 그 덕분에 여태껏 목숨을 부지하고 있는 것인지도 몰라. 무장하지 않은 민간인을 표적으로 삼는 건 제네바 협정 위반이거든. 그런데 너도 정말 총소리를 들었단 말이지? 퇴역한 뒤로 나는 저 소릴 매일 듣고 있지. 며칠 밤낮을 쉬지 않고 들려오기도 했어. 누구든 논리적 명령 없이 총을 쐈을 리 없어. 하지만 사람들은 내 말을 믿지 않았지. 외상 후 스트레스 증후군이라고 진단받은 뒤에도 난 알약들을 순순히 삼킬 수 없었어. 나마저 침묵한다면 또다시 인류가 세계 전쟁에 속수무책일 것 같았거든. 용의주도했던 적도 어처구니없는 실수를 하고 말았군. 내 옆에 네가 있다는 사실을 미처 몰랐을 거야. 전쟁을 피하진 못하더라도 늦추거나 규모를 줄일 순 있을 것 같아. 모두 네 덕분이지. 이 헬멧 덕분이기도 하고. (경주자가 머리를 들어 군인을 쳐다본다.)

퇴물 경주자 날 살려 주겠다는 약속으로 이해해도 되겠지?

퇴역 군인 내가 대답할 수 있는 질문이 아니다. 하지만 명령이 없는 한 방아쇠를 당기진 않겠다. 그러니 군인이 세상을 파괴한다는 네 생각은 틀렸다. 분별없는 망상이 총알보다 훨씬 무섭다는 사실을 명심해라. (경주자는 이마를 바닥에 연신 찧는다.)

퇴물 경주자 혹시 자전거 경주의 시작을 알리는 총소리는 아니었을까? 투르 드 프랑스에 참가한 선수들이 이 마을 앞을 지나간다고 들은 것도 같은데. (군인이 조심스럽게 일어나 옷걸이 뒤에 몸을 숨긴 채 손가락 권총을 겨누며 주위를 살핀다. 바닥에 엎드린 경주자에겐 군인의 까치발만을 겨우 보일 뿐이다.) 선두가 보이냐? 반짝이는 헬멧 때문이라도 경주자들을 쉽게 찾을 수 있을 것이다. (군인은 그 틈에 군화 한 짝을 신으려고 애를 쓴다.)

퇴역 군인   몸을 바닥에 붙이고 동작은 끊어라. 사주 경계의 기본은 시선을 바닥에서부터 들어 올리는 게 아니라 먼 하늘에서부터 끌어당기는 것이다. 적에게 발각됐다고 판단되면 항복 의사를 분명히 밝혀라. (경주자는 군인의 다리 밑으로 기어가 숨는다.) 쉿! 누가 온다. 마지막 작전을 사막에서 수행한 나는 아직도 수 킬로미터 떨어진 곳의 발소리까지 똑똑히 들을 수 있다. 사막이 텅 비어 있다는 미신을 믿지 말아라. (경주자는 군인의 다리를 붙잡고 몸을 쥐며느리처럼 동글게 만다.)

퇴물 경주자   그가 총을 가졌을까? 자신이 쏘아 떨어뜨린 수렵물을 찾으려는 사냥꾼은 아닐까? 난 어떻게 해야 하지? 죽은 척이라도 할까? 제발, 내가 살아남는 데 필요한 명령을 내려다오. 아, 내 귀에도 악마의 발굽 소리가 들려오기 시작했다. (군인과 경주자는 옷걸이를 차지하려고 다툰다. 옷걸이를 빼앗긴 군인은 바닥에 납작 엎드리며 고통스러운 표정으로 생각에 골몰한다. 경주자는 자신을 옷걸이처럼 위장하기 위해 몸을 비튼다.)

퇴역 군인 침착하라. 이건 명령이다. 두려움은 자신을 노예의 길로 이끌 뿐이다. 더욱이 우리가 모두 고도라는 사실을 알아차린다면 적은 자신의 우월함을 증명하기 위해서라도 더욱 잔인하게 행동할 것이다. 네 헬멧을 탐내거든 줘버려라. 우리가 추억에 연연하지 않는다는 사실을 알려야 적은 우리의 하찮은 생명을 요구하지 않을 것이다.

퇴물 경주자 만약 네 군화를 탐낸다면 어떻게 하지?

퇴역 군인 그러면 저항할 수밖에. 왜냐하면 나는 이걸 신지 않고서는 너에게 어떤 명령도 내릴 수 없으니까. (경주자는 군인이 군화 한 짝을 신을 수 있도록 돕지만 여전히 군화는 군인의 일부가 되지 않는다.)

퇴물 경주자 우릴 살려 줄 이유가 있을까? (경주자는 적의 탐욕을 자극하지 않기 위해 헬멧을 옷 속에 감춘다. 꼽추처럼 등쪽이 불룩해졌는데도 군인은 그 사실을 알아차리지 못한다.)

퇴역 군인 전쟁은 이미 끝났어. 그래서 나처럼 늙은 군인들은 은퇴하지 않을 수 없었지. 하지만 전쟁 중에 태어난 죄악은 아직 단죄되지 않았다. 그러니 악마는 자신을 대신할 희생양이 필요할 것이고, 지루한 법적 절차가 마무리될 때까지 우릴 살려 놓을지도 몰라. 운이 좋다면 교수대로 끌려 가기 전에 감방의 침대 위에서 평온하게 죽을 수도 있겠지. (군인은 신고 있던 군화를 벗으려고 애쓴다. 하지만 벗고 싶을 때 벗을 수 없고, 신고 싶을 때 신을 수 없는 게 고도다.)

퇴물 경주자 그렇다면 악마가 도착하기 전에 고해 성사를 하고 싶어. 제발, 고해소의 사제가 돼줘. 그럼 나도 너를 위해 그렇게 해주겠어. (경주자는 무릎을 꿇고 손을 모은다.)

퇴역 군인 난 태초부터 있었다는 말씀 따윈 귀담아듣지 않아. 그 모호한 명령 때문에 얼마나 많은 비극이 일어났는지 너도 똑똑히 알아야 해. 신성한 변소가 필요하다면 저 옷걸이는 어떠냐? 살아 있는 그 어느 인간보다도 훨씬 독실해 보이는구나. 게다가 전쟁터로 떠나는 사제들이 이 무대에 도착해 땀을 식히면서 사제복을 저기에 걸어 두었을지도 모른다. 어쨌든 서두르는 게 좋겠다. (경주자는 옷걸이 쪽으로 몸을 돌린다.)

퇴물 경주자 너도 네 옆에서 무릎을 꿇는 게 어때? 우린 적어도 죽음 앞에서만큼은 겸손해져야 한다. 우리를 살리는 마지막 방법은 체념이라고 들었던 것 같다.

퇴역 군인 명령이 옳다면 그걸 성실하게 따른 군인을 단죄할 수 없다. 어이쿠, 발소리가 벌써 도착했구나. 악마나 이교도일지도 모르니. 당장 기도를 멈춰라. 준엄한 명령이 있을 때까지 저항하지 말고 복종하는 시늉을 해야 한다. 차라리 내 군화와 네 헬멧을 맞바꾸는 건 어떨까? 그러면 적어도 모순적인 명령 때문에 우리가 위태로워지진 않을 것이다. 앗! 저기 뭔가 움직인다.

무대 가운데로 젊은 여자가 등장한다. 머리카락은 헝클어졌고 피부는 때에 절어 핏기가 드러나지 않는다. 군복 상의에 치마를 입고 있지만 맨발이다. 가방을 들고 있다. 군인과 경주자는 옷걸이를 마주 들고 여자를 향해 겨누고 있다가 바닥에 떨어뜨린다.

퇴역 군인 빛 속에서 걸어온 당신은 누구냐? 보다시피 우린 특별한 목적도 없이 연명하고 있는 늙은이에 불과하다. 지닌 것이라고 해봤자 저 헬멧이 전부다. 그런데 혹시 당신이 고도인가? (여자는 군인과 경주자를 번갈아 내려다본다. 경주자는 그녀의 시선이 옮겨 갈 때마다 건성으로 기도한다. 군인은 손가락 권총을 뒤춤에 감춘다.)

베로니카 우리가 일전에 만난 적이 있던가요? (여자의 예민한 경계심은 이내 뇌쇄적 미소에 녹아 휘발한다. 하현(下弦)

처럼 걸린 눈초리가 여자의 표정을 부풀린다. 신산한 인생이 그녀에게서 윤리의식을 너무 일찍 마비시켰는지도 모른다.)

퇴물 경주자 우리의 천한 목숨은 참으로 질기기도 하지. 하지만 우리에겐 당신을 기쁘게 해줄 만한 게 하나도 없다오. 그런데 방아쇠를 당긴 게 당신이오? (경주자는 여자가 들고 있는 가방을 시선으로 가리킨다. 여자는 그의 시선이 닿아 있는 곳을 괘념치 않는다.)

베로니카 전 남자들의 위선을 잘 알지요. 그들이 정치나 역사를 들먹일 때는 전쟁이나 벌목처럼 모두에게 환영받지 않을 사건을 저지른 뒤였죠. 박식하고 예의 바른 자일수록 침대 위에서 여자들에게 더 추악한 행동을 더 많이 요구하더라고요. 그런데 당신들에겐 가련한 여자를 헛된 말로라도 환영해 줄 용기와 지혜는 정말 없는 건가요? (여자의 가방이 가장 먼저 바닥에 떨어지고, 그다음 여자의 고개가 바닥을 향하고, 지상의 모든 슬픔이 그녀를 위아래로 흔들어 대며 마른 울음을 털어 낸다. 당황한 경주자가 여자에게 다가가려 하다가 군인의 제지를 받는다. 군인은 옷걸이 위에 여자를 앉게 한다.)

퇴역 군인 우린 용기나 지혜가 없는 게 아니라, 오히려 그것들이 너무 많아서 머뭇거린 것이오. 왜냐하면 당신의 운명을 파괴한 자가 당신이 아니라 가족과 이웃이라는 사실을 너무나 잘 알고 있기 때문이오. (경주자는 여자가 눈치채지 못하게 군인의 옆구리를 집게손가락으로 찔렀으나 군인은 꿈쩍하지 않았다.)

베로니카 그걸 어떻게 아셨죠? 정말 우리가 일전에 만난 적이 있군요.

퇴역 군인 난 군인으로서 세계 여러 곳의 전쟁에 참여했지만, 당신처럼 아름다운 여자를 본 적이 없소. 단 한 번이라도 스쳐 지나갔다면 기억하지 못할 리가 없지. 그저 당신을 기쁘게 해줄 말랑말랑한 혀가 없다는 게 너무 부끄러울 따름이오. 혹시 이 군화라도 갖겠소? 사막의 열기와 전갈의 독침으로부터 당신을 보호해 줄 수 있을 것이오. 내게 남은 명예가 이것뿐이라서 몹시 창피하긴 하오. (군인은 다시 군화 한 짝을 벗기 위해 애쓴다. 그사이 경주자는 헬멧을 여자에게 건넨다.)

퇴물 경주자 이건 한때 투르 드 프랑스를 제패한 남자의 유품이라오. 당신처럼 아름다운 여자는 태양의 질투심을 항상 조심해야 해요. (여자는 잠시 헬멧을 썼다가 곧 벗어 경주자에게 돌려준다.)

베로니카 당신들은 행세에 비해 훨씬 친절하신 분들이셨군요. 하지만 마음만 받겠어요. 왜냐하면 당신들의 명예나 유품만으로는 이틀째 계속되고 있는 허기를 해결하지 못하기 때문이죠. 여자가 낯선 남자들 앞에서 허기를 드러내는 건 제 알몸을 보여 주는 행동보다도 더 수치스럽군요. (군인은 군화 벗기를 멈추고 경주자는 헬멧을 떨어뜨린다.) 너무 빨리 걸었더니 갈증도 심해졌네요. 하지만 신경 쓰지 마세요. 인생에서 고통은 견딜 수 있을 만큼만 계속될 테니까요. 사실 저는 멀리서 당신들을 보고 고도 씨가 되돌아오셨다고 착각했답니다. (여자가 가방을 깔고 그들과 마주 앉는다.)

퇴물 경주자 고도를 만난 적이 있다고요? (경주자도 헬멧을 깔고 여자 옆에 앉는다.)

퇴역 군인 지금부터 이 숙녀를 괴롭히는 자는 적으로 간주하고 발포하겠다. 최소한의 예의를 갖출 수 있을 만큼 당장 멀리 떨어져라. 이건 명령이다. (경주자는 쭈뼛거리고 물러난다.)

베로니카 그럼요, 파리의 고도 거리 Rue Godot de Mauroy에서 버스를 기다리고 있던 그를 만난 적이 있죠. 지금 생각하면 너무 창피해요. 막무가내로 팔을 끌어당기는 저에게 그는 자비로운 표정을 지으며 이십 프랑을 쥐여 주셨어요. 버스가 정류장을 빠져나간 뒤에야 액수를 확인하고 울었답니다. 고맙다는 인사라도 해야 할 것 같아서 한 달 남짓 같은 시간 같은 곳에서 그를 기다렸지만 결국 만나지 못했죠. 그래도 전쟁에 연관된 불행을 상상하지 않으려고 지금까지도 노력하고 있답니다. (여자는 두 손으로 얼굴을 가리고 한참을 꼼짝하지 않았다.)

퇴물 경주자 하지만 어떻게 그가 고도라는 걸 아셨죠? 그러니까 제 질문은 그를 왜 고도라고 부르냐는 것이에요. (여자는 여전히 두 손으로 얼굴을 가린 채 말했다.)

베로니카 그야 제가 그 남자와 관련해 아는 것이라곤 처음 만난 장소뿐이니까요. 게다가 전쟁터의 군인들을 태운 트럭이 그곳에 가장 먼저 정차한다는 이야기를 들었거든요. (여자의 입속에서 마른 울음이 모래처럼 쏟아져 나왔다. 군인은 여자가 눈치채지 못하도록 경주자를 발로 차 바닥에 넘어뜨렸다. 그러고는 거친 숨을 골랐다.)

퇴역 군인 그렇다면 당신은 제대로 찾아왔어요. 우리도 고도를 기다리고 있답니다. 그에게서 목돈을 빌릴 수만 있다면 파리 한복판에 조그만 식당을 열 수도 있겠죠. (군인은 대담하게 여자의 어깨 위에 손을 얹고 다독인다. 경주자가 익살스럽게 그의 흉내를 낸다.)

베로니카 아까 보니까 기도하시는 것 같던데, 제 가련한 운명 위에도 자비를 베풀어 달라고 부탁해 주시겠어요? (경주자가 대답하려는 순간 군인은 경주자의 헬멧을 빼앗아 무대 밖으로 던진다. 경주자는 마치 자전거 안장 위에 앉아 있는 것처럼 상체를 좌우로 크게 흔들면서 무대 밖으로 달려 나간다.)

퇴역 군인 저 녀석처럼 빨리 달리는 데에만 열광하는 자에겐 신의 충고가 들릴 리 없겠죠. (경주자는 씩씩거리면서 헬멧을 찾아서 무대 중앙으로 돌아온다. 그러고는 역공의 기회를 엿본다.)

베로니카 그렇다면 당신처럼 매 순간 죽음을 걱정하는 군인은 신의 권위에 복종하시겠군요. (군인이 잠시 머뭇거리는 순간을 놓치지 않고 경주자는 군화를 빼앗아 무대 밖으로 던진다. 하지만 군인은 그걸 찾으러 자리를 비우진 않는다.)

퇴물 경주자 그렇지 않을 거예요. 군인은 상관의 명령 이외엔 복종하지 않는데, 정작 자신의 상관이 누구이고 왜 그런 명령을 내렸는지는 묻지 않는다오. 자신이 창조한 인간을 없애기 위해 신이 발포 명령을 내렸을 리는 없어요. (경주자는 자신의 공격에 매우 흡족해한다.)

퇴역 군인 그런데 이곳으로 오는 길에 총소리를 듣지 못했소? (군인은 방아쇠 없는 손가락 권총을 앞으로 내밀며 주위를 살핀다.)

베로니카 아뇨. 아무 소리도 듣지 못했어요. (그렇게 말하면서도 여자는 본능적으로 몸을 움츠렸다. 경주자는 옷걸이를 옮겨 여자를 숨겨 준다.)

퇴역 군인 하긴 총소리와 폭죽 소리를 구별하지 못하는 게 여자들의 잘못은 아니지. (군인은 거만함과 냉담함 사이를 바삐 오갔다.)

베로니카 꼭 그런 것은 아니에요. 한 발의 총소리가 남자보다 여자의 운명에 더욱 치명적인 영향을 미친다는 사실을 깨달은 여자라면 결코 그 소릴 허투루 흘려듣지 못하죠. (여자는 다시 다리 사이에 고개를 묻고 몸을 들썩이기 시작한다. 경주자가 소리 없이 군인을 꾸짖더니 무대 밖 군화가 떨어진 곳으로 시선을 고정한다. 군인은 난감한 표정을 지으며 군화를 찾으러 무대 밖으로 나간다. 그사이 경주자가 여자에게 다가가 어깨를 다독인다.)

퇴물 경주자 늙는 게 이래서 서러워요. 늙은이의 언행은 점점 쓸모가 없어지거든. 저 친구 이야길 너무 깊이 새겨듣지 말아요. 죄악을 너무 많이 저지른 탓에 정신병을 얻었는데도 치료를 거부하고 있으니, 더 이상 세상을 망가뜨리지 않고 조만간 조용히 사라질 거예요. 그런데 자전거 경주자들이 이곳을 지나가는 건 봤나요? (경주자는 허리를 굽히고 두 팔을 앞으로 뻗어 자전거 위에 앉아 있는 흉내를 낸다. 여자는 자세를 바꾸지 않는다.)

베로니카 못 봤어요. 물론 저 같은 여자가 자전거와 당나귀를 구별해 낼 수 있는 능력이 있는지는 모르겠지만. (군인이 군화 한 짝을 들고 무대로 돌아오자, 경주자는 갑자기 벌떡 자리에서 일어난다.)

퇴물 경주자 그러면 안 되는데. 암, 그렇고 말고. 투르 드 프랑스가 멈추었다는 건 곧 전쟁이 다시 시작될 징조라고. 젊은 놈들은 그저 눈앞의 상금이나 명예를 좇아 앞으로만 달릴 줄만 알지, 뒤를 돌아보면서 역사에서 뭘 배워야 하는지 전혀 모른다니까. 안 되겠군. 당장 마을로 내려가서 경주자들을 모아야겠어. 헬멧 쓰는 걸 좀 도와주겠소? (경주자가 여자에게 헬멧을 내밀었다. 하지만 군인이 경주자의 헬멧을 왁살스레 빼앗는다.)

퇴역 군인 이봐, 너는 경기에 참여할 수 없어. 그게 명령이야. 게다가 우린 이곳을 떠나서도 안 돼. 고도를 기다려야 하니까. (경주자는 헬멧을 빼앗으려다 실패한다.)

퇴물 경주자 우리가 모두 고도인데 누굴 기다린다는 거야?

이 젊은 숙녀분이 만났다는 부자를 말하는 것인가? 그렇다면 우린 파리로 가야겠지. 누군가를 기다리면서 인생을 허비하기엔 우린 너무 많이 늙었다고. (군인은 손가락 권총을 뽑아 경주자를 겨누며 단호한 표정으로 맞선다.)

퇴역 군인   아무도 명령을 어길 순 없다. (여자는 놀라 바닥에 엎드린다.)

퇴물 경주자   누가 명령한 거지?

퇴역 군인   명령은 우리보다 앞서 여기 도착해서 우릴 기다리고 있었다. 그리고 우리가 아니더라도 누군가는 그걸 수행할 것이고, 늦어질수록 결과는 더욱 비참해질 것이다. 그 이외의 내용은 나도 알지 못한다.

퇴물 경주자   하지만 넌 이미 퇴역했으니 그 명령을 따를 의무가 없지 않나?

퇴역 군인   그 명령은 내가 퇴역하기 전에 내려졌고 아직 완료되지 않았으므로 여전히 유효하다. (다리 사이에 얼굴을 묻고 있던 여자가 천천히 고개를 들더니 군인을 쏘아보았다.)

베로니카   군인들은 늘 그렇게 대답하죠. 그러고는 아무런 죄도 없는 자들을 죽이거나 강간하죠. 어쩌면 개인의 운명을 결정하는 명령은 상부에서 내려오는 게 아니라 하부에서 올라왔거나 동료들끼리 교환한 것인지도 몰라요. 그렇지 않고서야 그 많은 군인이 지옥에서 살아서 돌아올 수는 없겠죠. (경주자 역시 손가락 권총을 꺼내 들고 군인을 겨냥했다.)

퇴물 경주자 정말 네가 저지른 짓이야? 제발 아니라고 말해.

퇴역 군인 군인은 항상 〈아니다〉 대신 〈모른다〉라고 대답해야 한다. 그러니 나도 모른다.

퇴물 경주자 아니라고 말해라. 그래야 너를 용서할 수 있다.

퇴역 군인 어쩔 수 없다. 나는 모른다.

베로니카 자, 내 몸 위에서 그 더러운 짓을 다시 시작해 보시지. 하지만 이번에도 행운의 여신이 당신을 도와줄는지는 모르겠네요. 신의 명령을 전달하거나 수행하기에 당신은 너무 늙었다는 사실을 잊지 마세요. (여자는 웃옷부터 벗기 시작한다. 놀란 경주자가 여자를 안으며 탈의를 방해한다. 군인은 꼼짝하지 않고 시선만을 돌리는 것만으로 예의를 지키려 한다.)

퇴물 경주자 너에게 우린 체포된 것인가?

퇴역 군인 아니다. 아니, 모른다.

베로니카 우릴 죽일 건가요?

퇴역 군인 아니다. 우린 여기서 함께 고도를 기다릴 것이다.

퇴물 경주자 죽는 건 전혀 두렵지 않지만 투르 드 프랑스가 중단돼서 너무 안타깝다.

퇴역 군인   아직도 모르겠나? 그들도 명령을 받고 멈춰야 했던 것이다. 아무도 명령을 거부할 순 없다.

베로니카   고도 씨를 만나 감사의 말을 전할 수 있을 때까지만 제발 자비를 베푸시길.

퇴물 경주자   넌 저 숙녀분에게 자비를 베푸는 자리에 앉아 있는 게 아니라, 용서를 구걸해야 할 처지다. 설령 네가 저 숙녀의 비극에 직접 개입하지 않았더라도 34년 6개월 동안 사회의 필요악을 강화한 책임은 인정해야 한다.

퇴역 군인   그렇게 말한다면 우리 중에 유죄가 아닌 자가 어디 있단 말이냐? 네가 칼처럼 휘둘러 댔던 속도도 그렇고 이 여자가 유포시켰던 성병도 그렇다. 오직 고도만이 무죄다.

베로니카   당신은 고도 씨를 만난 적이 없으면서도 어떻게 그런 말을 할 수 있죠?

퇴역 군인   왜냐하면 여기서 고도를 기다리라는 명령은 인류 전체에게 내려졌기 때문이다.

퇴물 경주자   쳇, 한낱 퇴역 군인인 주제에 유명 철학자처럼 행세하는군. 설마, 이 숙녀분의 환심을 사려고 수작 부리는 건 아니겠지? 한 인간에게 반복되는 불행을 더 이상 모른체 하진 않겠다. (경주자의 손가락 권총 끝이 심하게 흔들렸다.)

퇴역 군인 우린 결국 하나의 명령에서 시작돼 그 명령으로 되돌아갈 것이다.

베로니카 아뇨. 한 발의 총알이 우리를 영원한 치욕의 순간에다 못 박겠죠. 살인자! (여자가 군인에게 달려든다. 방심한 군인이 넘어지고 둘은 엉켜 바닥을 뒹굴기 시작한다. 경주자는 옷걸이를 붙든 채 서서 손가락 권총으로 결정적 순간을 기다린다. 그에게 중요한 건 속도가 아니라 인내심이다. 하지만 군인의 발에 채어 바닥에 넘어진다. 그 순간 다시 총소리가 들린다.)

2막. 같은 장소.* 같은 등장인물이 나온다. 그런데 1막에서 군인 역할을 하던 자가 몸에 꽉 들어맞는 타이츠에 헬멧을 쓰고 있고, 경주자였던 자는 군복을 입고 군화 한 짝을 신었다. 즉 그들은 역할을 바꾼 것이다. 하지만 변화를 인지할 수 있

---

* 『고도를 기다리며』의 2막은 〈다음 날, 같은 시간, 같은 장소〉라는 문장으로 시작하지만, 같은 공간에서 시간의 경과를 깨닫는 건 쉬운 일이 아니다. 아킬레우스의 화살을 조심하라.

는 건 관객들뿐이다. 여자는 1막과 같다. 옷걸이 아래에 누군가 누워 있는데 프랑스 국기로 얼굴이 덮여 있어서 정체를 알아볼 수 없다. 배우 대신 마네킹을 사용할 것. 군인은 그 옆에 서 있고 경주자는 쭈그리고 앉아 연신 헛구역질한다. 가방을 깔고 앉은 여자는 프랑스 국기 아래로 손을 집어넣어 시체의 주머니를 뒤진다.

베로니카 이것 봐요! 일 프랑이에요. (여자는 번쩍이는 동전을 들고 소리친다. 남자들은 일제히 동전 쪽으로 고개를 들이밀고 여자는 반사적으로 주먹을 쥐더니 뒤춤에 감춘다.)
퇴물 경주자 그렇게 애타게 기다리던 고도를 드디어 만나셨군. 하지만 그가 여전히 당신을 알아볼 수 있을지는 의문이야. (경주자가 손가락으로 프랑스 국기를 가리킨다.)
퇴역 군인 저자가 고도라고? (여자도 놀란 얼굴로 경주자의 얼굴을 쳐다본다.)
베로니카 당신은 그를 만난 적이 없을 텐데 어떻게 저 사람이 고도라는 걸 알 수 있죠? (경주자는 여자의 주먹을 살핀다. 여자가 군인 뒤로 숨자 체념한다.)
퇴물 경주자 그야 저자의 주머니에서 일 프랑이 발견됐기 때문이지. 당신에게 자신의 정체를 알리고 싶어서 마지막 순간까지 그걸 지니고 있었던 게 분명해. 마치 한 쪽 군화를 신은 채로 관 속에 눕게 될 너처럼 말이야. 하지만 나라면 죽기 전에 마지막 일 프랑까지 모조리 탕진했을 거야. 그 정도의 금액이면 간절했던 욕망 한 가지쯤은 대충 해결할 수 있을 테니까. (경주자는 군인의 군화를 내려다보고, 군인은 여자를 바라본다.)

퇴역 군인 당신이라면 그의 얼굴을 기억할 수 있겠지. (여자는 뒤로 물러난다.)

베로니카 설마 제가 고작 일 프랑 때문에 은인을 죽일 만큼 타락했다고 생각하시는 건 아니겠죠? (그러면서도 여자는 동전을 쥔 손을 좀처럼 보여 주지 않는다.)

퇴물 경주자 처음 이곳에 왔을 때 당신은 몹시 허기져 있었는데 지금은 아닌 것 같군요. 여긴 보시다시피 풀 한 포기 벌레 한 마리 살고 있지 않아서 삼킬 만한 게 없소. 혹시 자기 허벅지 살이라도 잘라 먹은 것이오? (여자에게 접근하려는 경주자를 군인은 손가락 권총으로 제지한다.)

퇴역 군인 난 명백한 증거 없이는 아무도 의심하거나 믿지 않아. 그러니 이 노망난 늙은이의 망상 따윈 마음에 깊이 담아 두지 말아요. 그 대신 저 시체의 정체를 확인해 주실 수 있겠소? (경주자는 여자나 군인에게 달려들 듯 으르렁

댄다.)

퇴물 경주자 넌 명령이 없으면 시체나 다름없지. (군인은 시체 쪽으로 다가가서 국기를 살짝 들어 올리고 여자에게 보여 준다. 하지만 관객들에겐 시체의 얼굴이 보이지 않는다.)

베로니카 시체는 하나같이 똑같아서 누가 누군지 구분하기가 너무 어려워요. 제가 고도 씨에 대해서 기억할 수 있는 건 선의로 가득 찬 눈빛과 장미 냄새와 기침 소리뿐이거든요. (경주자가 시체의 주머니를 더듬어 보지만 아무것도 찾아내지 못한다.)

퇴역 군인 죄악이 명백히 드러나기 전까진 단 한 순간이라도 자신을 변호하는 걸 멈추면 안 돼요. 운명이란 결국 끝까지 살아남은 자들만 들여다볼 수 있는 소설책 같은 것이니까요. (군인은 여자를 추궁하듯 프랑스 국기를 더 높이 쳐든다. 드러누운 자의 실루엣이 어렴풋이 국기 밖으로 비친다. 경주자가 과장된 몸짓으로 헛구역질을 해대는 사이, 여자는 표정을 찌그러뜨리다가 결국 눈물을 쏟아 낸다. 군인은 프랑스 국기로 다시 시체를 덮고 여자 옆에 앉는다. 한동안 그들은 꼼짝하지 않는다. 대화도 없다. 군인은 다시 군화를 벗으려 하고, 경주자는 쓰고 있는 헬멧을 만지작거린다. 여자는 가방 속 깊숙이 동전을 숨긴다.)

퇴역 군인 이제 어쩌면 좋지? 우리가 고도를 죽이고 말았으니. (군인은 마침내 군화 한 짝을 벗는 데 성공한다.)

퇴물 경주자 우리라니? 난 너희가 아니다. (경주자는 한 손으로 코를 틀어막은 채 다른 한 손으로 군화를 들어 올리다가 다시 내팽개친다. 그리고 그것을 손가락으로 가리킨다.) 네 군복과 군화에서 풍기는 악취 때문이라도 너를 유력한 살인 용의자로 의심해야 하지만, 저 시체가 나타나기 전부터 넌 나와 함께 있었으니 내가 너의 알리바이를 증명해 줄 수도 있다. 그러니 네가 저 여자를 감싸고 돌면서 나의 선의를 자극하지 않길 바란다. 살인자가 처벌을 피하는 방법은 이웃 국가와 전쟁을 일으켜 승리하는 수밖에 없다는 사실을 명심해라. (경주자에게서 살의를 감지한 여자는 군인 뒤에 급히 숨는다. 군인은 방아쇠 없는 손가락 권총을 겨누고 경주자를 진정시키려고 애쓴다.)

퇴역 군인 진실을 알고 있는 자는 시체가 유일하므로 그가 입을 열기 전까지 우린 모두 피의자로 분류되는 게 맞겠지. 하지만 우리 말고도 다른 용의자가 있을 수 있으니, 명백한 증거나 증인이 나타나기 전까지는 서로를 증오하지 말자. 내가 살아 있는 한 너는 저 숙녀분에게서 일 프랑의 동전을 빼앗을 수 없을 테니 이쯤에서 탐욕을 포기해라. (여자는 무릎 사이에 얼굴을 파묻고 들썩인다.)

퇴물 경주자 난 여자의 거짓 눈물 따위에 흔들리지 않는다. 자비로운 침묵 대신 무자비한 진실을 기꺼이 선택할 용기도 지녔다. 너는 어떠냐?

퇴역 군인 군에서 34년 6개월 근무하는 동안 나는 싸우는 것보다 억제하는 방법을 더 자세히 배웠다. 전쟁을 피하는 게 진정한 용기다.

퇴물 경주자 헛소리하지 마라. 그건 우리를 노예로 만들려는 수사(修辭)에 불과하다. 정치가 사라진 곳에 군인이 배치된다는 건 어린아이조차 다 알고 있다. 너의 언행을 도저히 이해할 수 없구나. 너야말로 저 여자의 환심을 사서 일프랑을 빼앗으려 하는 건 아니냐? (경주자는 손가락 권총으로 여자를 위협한다.)

퇴역 군인 근거 없는 의심일수록 멀리까지 퍼지는 법이다. 그러다가 전쟁이 일어나기도 한다. 그러니 제발 정신 차려라. 서로 돕지 않으면 우린 여길 절대로 빠져나갈 수 없다.

퇴물 경주자 고도가 죽은 마당에 우리가 여전히 이곳에 머물러야 하는 이유가 뭐지?

베로니카 시체만 놔두고 떠날 수는 없어요. (여자는 깔고 앉아 있던 가방을 들어 얼굴을 가린다.)

퇴물 경주자   시체가 무슨 상관이람. 차라리 살인자를 확인하지 않은 채 떠날 수 없다고 말하는 게 맞겠지. 그는 자신의 정체를 숨기기 위해서라도 목격자를 가만히 놔두진 않을 테니까.

퇴역 군인   네 말에 일리가 있다. 그러니 진실을 알아내기 전까지 우린 여기서 헤어지면 안 된다. 먼저 사라진 자가 범인이다.

퇴물 경주자   하지만 우리 중 살인자를 본 사람이 없으니 어떻게 해야 할지 막막하구나. 이럴 땐 이방인에게 재난의 책임을 묻던 조상의 지혜를 빌리는 게 낫지 않을까? (경주자는 여자의 정수리를 쏘아본다. 여자는 무릎 사이에서 고개를 들지 않은 채 다시 소리 내어 들썩인다. 경주자는 시체 쪽으로 다가가 심호흡한 뒤 프랑스 국기 아래로 얼굴을 파묻더니 십 초쯤 지나서 얼굴을 빼낸다.) 저 시체에게 일 프랑을 돌려주자. 영원히 침묵하는 대가를 지급하는 것이지. 그러면 우린 애당초 만난 적 없는 상태로 돌아갈 수 있을 거야. 나약한 인간이야 언제든 특별한 이유도 없이 혼자서 죽을 수도 있는 법이니까. (경주자의 제안에 여자의 울음이 멈췄다.)

베로니카   하지만 이미 한 무리의 자전거 경주자들이 우리를 보고 지나갔는데 어쩌죠? 그들이 제게 물과 음식을 던져 줬지요.

퇴역 군인 아니. 왜 그렇게 중요한 이야기를 이제야 하는 것이오? 그런데 어째서 난 그들을 볼 수가 없었단 말이오? 나는 신병들이 입소하면 가장 먼저 이렇게 가르쳤죠. 〈상대의 선의는 무조건 의심하고 거절해라.〉 이건 그리스 신화에도 자주 등장하는 교훈이오.* 방심하고 있다가 뒤통수를 정통으로 맞은 셈이군.

퇴물 경주자 하지만 당신은 내게 자전거나 당나귀를 보지 못했다고 말하지 않았소? 만약 내게 거짓말했다면 혹독한 대가를 치르게 해주겠소.

베로니카 흥분하지 마시고 잠시만이라도 생각해 보세요. 저 시체가 갑자기 어디서 나타날 수 있겠어요? 하늘에서 떨어졌을까요, 아니면 땅에서 솟았을까요? 그럴 리 없다면, 자전거나 당나귀에 실려 가다가 바닥으로 떨어졌다고 짐작하는 게 타당하지 않나요? 우린 헬멧과 군화에 정신이 팔려서 그 장면을 미처 쳐다보지 못한 거예요. 여길 보세요. 희미하지만 자전거 바퀴 자국이 남아 있네요. (여자는 한쪽 발을 바닥에 끌며 긴 자국을 만든다.) 거짓말을 한 건 제 잘못

---

* 페르세포네는 하데스가 건넨 석류 한 알을 삼킨 이유로 인생의 절반을 지하 왕궁에서 보내야 했다.

이에요. 너무 배가 고파서 어쩔 수 없었어요. 당신들과 나눠 먹기엔 턱없이 부족한 양이었으니까요. 저 시체가 발견되지 않았더라도 저는 끝까지 자전거 경주자들에 대해 아는 체하지 않을 작정이었는데, 결국 자신의 거짓말에 제가 갇히고 말았군요. (군인과 경주자는 목을 길게 뺀 채 사방을 둘러보면서 자신들을 훔쳐보고 있을 자들을 찾아보았다. 다행히 아무런 인기척이 느껴지지 않자 그들은 안도의 한숨을 내쉬었다.)

퇴물 경주자 내게 일 프랑만 있었더라도 당장 여길 떠날 수 있으련만. (여자는 재빨리 가방을 품에 안는다. 군인은 반사적으로 손가락 권총을 뽑긴 했으나, 그것을 누구에게 겨누어야 할지 몰라 머뭇거린다.)

퇴역 군인 살인자를 찾은 뒤에 전리품을 나눠도 늦지 않을 것이다.

퇴물 경주자 우리 중 네가 가장 논리적이니까 이 수렁에서 빠져나갈 방법을 알려다오. 혹시 상부의 다른 명령은 없었던 거냐? (여자는 경주자와 군인 사이에 팽팽하게 걸린 시선을 따라 오르내리며 시간을 잰다. 군인은 벗어 두었던 군화를 다시 신으면서 생각에 잠긴다.)

퇴역 군인 망할 공무원 놈들. 그렇게 일찍 나를 퇴역시키지 않았더라면 지금 나는 위엄 있게 말하고 행동할 수 있었을 텐데.

퇴물 경주자 혹시 이 시체의 주인이 공무원은 아닐까?

퇴역 군인 뭐라고? 그럼 내가 저자를 쏘아 죽였다는 것이냐? (흥분한 군인이 경주자의 멱살을 잡았다. 그러자 여자가 둘 사이에 개입해 대화에 필요한 최소한의 거리를 만들어 주었다.)

퇴물 경주자 그건 오해다. 나는 단지 이 시체가 한때 고도라고 불리지 않았길 바랄 뿐이다. 그래야 죄책감에서 빠져나갈 수 있을 테니까. 요즘처럼 어려운 시기에 일 프랑을 주머니에 넣고 다니는 사람이라면 공무원일 가능성이 높지. 왜냐하면 나는 공무원이 굶어 죽었다는 이야기를 들어 본 적이 없으니까. (그제야 군인은 흥분을 가라앉혔다. 그러고는 경주자의 얼굴 가까이에서 손가락 권총을 힘없이 흔들어 보였다.)

퇴역 군인 이런 권총쯤이야 누구나 지니고 있으니 권력은 곧 총알에서 나올 텐데, 너처럼 평범한 인간은 분노라도 장전하려 하겠지만, 나같이 경험 많은 군인은 공명정대한 정의감과 절도 있는 언행만으로도 빈 총에 권력을 채울 수 있다. (군인은 손가락 권총을 바닥에 버리고 대신 주먹을 쥔다.

경주자는 여자의 등 뒤로 다급히 숨는다.)

베로니카 시체는 언제나 진실과 적대적 관계라는 사실을 명심하세요. (그들 사이에 긴 침묵. 셋은 앉아서 서로 다른 곳을 쳐다보면서 격정의 숨결이 잦아지기를 기다리고 있다. 경주자가 갑자기 자리에서 솟구친다.)

퇴물 경주자 아, 이런, 왜 그런 생각을 못 했지? 살인자에 대한 단서가 완전히 사라진 게 아닐 수도 있어. (경주자의 격앙된 목소리에 나머지 둘의 눈동자가 커진다. 궁금증으로 그들의 귓불이 붉어질 때까지 경주자는 말을 참는다.)

베로니카 우리 중에 살인자가 있다는 말씀인가요?

퇴물 경주자 고도는 프랑스 시민일까? (누가 대답해야 하는 질문인지 몰라 군인과 여자는 서로를 번갈아 쳐다본다. 그러다가 곧 그들은 그것이, 경주자가 자신의 지적 능력을 자랑하기 위해 던진 교묘한 독백에 지나지 않음을 깨닫는다.)

퇴역 군인 더 이상 헛소리를 하면 엉덩이에 구멍을 뚫어 주겠다.

퇴물 경주자 저 시체를 덮고 있는 프랑스 국기가 범인의 정체를 말해 줄 수도 있지 않을까?

베로니카 프랑스인들이 모두 살인자라는 뜻인가요? 전쟁 기간엔 누구나 그렇게 될 수 있겠지만, 지금은 전쟁이 끝나고 평화가 찾아왔어요. (여자는 군인에게 논리적 지원을 애절한 눈빛으로 요청한다.)

퇴물 경주자 국기야말로 군인에게 없어서는 안 될 소지품이지. 그것은 성스러운 폭력을 묵인해 주는 면죄부임과 동시에 연금 지급을 약속하는 보증서 같은 것이니까. (경주자는 자리에서 일어나 방아쇠 없는 손가락 권총으로 프랑스 국기 아래의 시체를 겨눈다. 희망에 고무된 여자도 경주자를 따라서 일어나며 경주자의 추리가 계속되기를 기다린다. 군인은 자리에서 꼼짝하지 않는다.)

퇴역 군인 흥, 말도 안 돼. 상상력은 풍부한데 논리는 애처로울 정도로 빈약하군. 어린아이조차 너의 허튼수작을 알아차릴 수 있겠어. 넌 내가 이교도라는 이유로 날 단죄하고 저 여자의 침실을 차지하고 싶어진 것이로구나. 넌 나의 분노가 정말 무섭지 않느냐? (여자가 슬그머니 자리에 주저앉는다. 경주자의 얼굴에서도 확신의 기색이 사라진다.)

퇴물 경주자 그럼, 잘난 네가 직접 저 삼색(三色) 수의(壽衣)의 출처를 증명해 보아라.

퇴역 군인 네 빈약한 상상력을 빌리자면 다른 추측도 얼마든지 가능하다. 투르 드 프랑스 참가자들은 한 달 동안 자전거를 타고 프랑스 전역을 달려야 하므로 숙식비가 많이 필요한데, 이를 국민 세금으로 충당하는 대신 승리의 영광을 국가에 반납하는 게 통상적이라고 들었다. 그렇다면 경주자들 대부분은 국기를 지녔을 것이고, 언제든 경기에 끼어들 궁리를 하는 너 또한 그랬겠지.

퇴물 경주자   신과 내 어머니의 이름을 두고 맹세하는데, 난 살인자가 절대 아니다. 내가 너와 다른 점이 있다면, 난 분명하게 아니라고 말하는데 넌 여전히 모른다고 말한다는 것이다.

퇴역 군인   그런 차이점이야말로 누가 더 신중하고 겸손한 자세로 삶을 받아들이고 있는지 말해 줄 수 있다. 난 단지, 어리석고 건망증 많은 너에게, 한 떼의 자전거 경주자들이 이곳을 지나갔다는 저 숙녀분의 증언을 상기시키려는 것뿐이다. 혹시 너도 그들에게서 타이츠와 헬멧을 얻은 건 아니냐?

퇴물 경주자   자전거 경주에 평생을 바친 나를 더 이상 모욕하지 말아라. 생각해 보니, 저 수상한 여자가 등장한 뒤로 너와 내가 다투기 시작했군. 정작 우리가 의심해야 할 자는 저 여자가 아닐까? 시체 어디에서도 생명을 뽑아낸 총알 자국이 보이지 않는 걸 보니, 총알이 아니라면 매독에 당한 게 분명하다. (경주자는 방아쇠 없는 손가락 권총을 여자 쪽으로 돌린다. 여자는 다리 사이에 얼굴을 묻는 것 이외에 저항하는 방법을 알지 못한다.)

퇴역 군인 전쟁이 네 영혼을 파괴한 것이냐, 아니면 처음부터 악마의 자손으로 태어난 것이냐? (군인은 경주자에게서 손가락 권총을 빼앗는다. 그리고 무릎을 꿇리고 두 팔을 허공에 쳐들도록 압박한다. 여자가 고개를 들고 그들을 쳐다본다.)

퇴물 경주자 여자란 신이 인간을 파멸시키기 위해 고안해 낸 형벌임이 틀림없어. 그러니까 군인과 경주자는 모두 남자여야 한다고. (여자가 갑자기 가방 속에서 무엇인가를 찾는다.)

베로니카 제 가방에도 프랑스 국기가 들어 있죠. 어떤 남자들은 그 위에서 벌거벗고 뒹구는 것으로 애국심을 증명하려 하니까요. 그래야 한동안 아주 정상적인 사람처럼 살아갈 수 있다고 하더군요. 그들 덕분에 저도 빵을 얻을 수 있었고요. (군인이 경주자의 멱살을 잡는다.)

퇴역 군인 어리석은 놈. 결국 천사 같은 여자의 덜 아문 생채기 위에다 심판대를 세우고 말았구나. 네 무덤 속에선 절규와 저주가 끊이지 않을 것이다. (경주자가 갑자기 자리에서 일어나 옷걸이에 목을 매는 시늉을 한다. 놀란 여자가 그를 붙잡는다.)

퇴물 경주자   살아 있는 게 곧 유죄라면 가장 가난한 내 죄가 가장 크도다. 너무 부끄러워서 누구에게 교수형을 부탁할 수도 없구나. 아, 이 옷걸이에서 밧줄이 자라나 단번에 내 목덜미를 물어 준다면 얼마나 좋을까. (민첩하게 다가온 군인이 경주자를 밀쳐 낸다. 바닥에 내팽개쳐진 경주자는 무덤덤한 표정을 회복한다.)

베로니카   도대체 우리에게 진실이 필요한 이유가 뭐죠? 시체의 명예를 지켜주기 위해서인가요, 아니면 간신히 살아남은 우리를 차례대로 쓰러뜨리기 위해서인가요? 이건 누구의 명령이죠? 이 명령을 멈추려면 또 누구의 명령이 필요한 것이죠? 누구에게나 항상 진실이 필요한 건 아니에요. 무지와 망각의 토양에서만 평화가 자라날 수도 있어요.

퇴역 군인   당신 말이 맞을지도 모르겠소. 우리에게 필요한 건 그저 슬퍼할 용기와 시체를 묻을 땅과 주기도문뿐일지도. (군인은 경주자를 한참 동안 쳐다본다. 그제야 경주자는 그 의미를 알아차린다.)

퇴물 경주자   겨우 자살을 멈춘 나보고 부활절 미사라도 주관하라는 것이냐?

퇴역 군인   우리 중에서 기도할 줄 아는 자는 너뿐이니까. 그렇다고 죽은 자를 살리는 기적을 기대하는 건 아니다. 장례

동안 네가 내리는 명령에 기꺼이 복종하겠다. (여자는 매무새를 고치고 주위를 정리하는 시늉을 한다. 두 사람의 눈치를 살피던 경주자는 헬멧을 벗고 옷걸이 앞에 무릎을 꿇으며 손을 모은다. 군인도 이를 따라 한다.)

퇴물 경주자   죄를 지은 자들의 피로 죽은 자들의 갈증을 없애 주소서. 고도를 데려가시되 산 자들을 보살피시어 더 이상 죽음이 죽음으로 대체되는 역사를 멈추게 하소서. 그리고 가련한 우리에게 각각 일 프랑씩 나눠 주소서. (그 순간 무대 전체를 암흑으로 만드는 연발의 총소리. 매캐한 포연이 사라지고 무대가 다시 페이드인 되면 옷걸이 이외엔 아무것도 보이지 않는다.)

3막.* 무대 한가운데 옷걸이가 놓이고 헬멧과 군화 한 짝이 걸려 있다. 가방은 옷걸이 아래 놓여 있다. 시체는 사라지고 없다. 등장인물들은 보이지 않고 목소리만 들린다. 헬멧과 군화와 가방 속에 고성능 스피커가 하나씩 숨어 있어서 목소리

---

*『고도를 기다리며』는 이런 문장으로 마무리했다. 〈둘은 그러나 움직이지 않는다.〉 하지만 영원 재귀의 가능성을 슬그머니 열어 놓았기 때문에 3막은 언제 어디서든지 시작할 수 있다.

들은 옷걸이를 중심으로 들린다. 관객들은 그 목소리를 통해 경주자와 퇴역 군인의 배역이 다시 바뀌었다는 사실을 천천히 알아차리게 된다.

목소리 2　우리는 여전히 살아 있는 걸까?
베로니카　전 당신들을 볼 수가 없어요. 제 목소리가 들리시나요?
목소리 1　쉿. 조용히 해. 그리고 경솔하게 움직이지 마라. 우리가 지금 어디에 있고 누가 우리의 적인지 분명하게 파악하기 전까진 신중하게 행동해야 해.
목소리 2　하지만 난 네 명령을 따라야 할 군인이 아니다. 오히려 네가 내 명령을 따르겠다고 약속하지 않았나?
목소리 1　그랬지. 너의 잘못된 명령 때문에 우리가 지금 이렇게 된 것이다. 그래도 죽지 않아서 다행이긴 한데, 몸을 움직일 수 없는 것으로 보아 어딘가에 갇힌 게 분명하다. 여기가 어딜까? 암흑의 진창? 아니면 빛의 궁륭? 그리고 우릴 가둔 이는 누굴까?
목소리 2　아냐. 어쩌면 우린 이미 죽었는지도 모른다. 일 프랑조차 지니지 못한 우리에게 적들이 빼앗을 수 있는 건 목숨뿐이었을 테니까. 그래서 우리는 지금 혀와 고막 없이 대화하는 것이다. 죽은 개구리의 몸에 전기를 흘려 보내면 몸이 움직이는 현상과 똑같다. 우리가 나누는 이야기는 지금 만들어져서 세상으로 흩어지고 있는 게 아니라, 이미 오래전에 세상으로 흩어졌던 이야기가 제자리로 돌아오면서 서로에게 들리는 것일 뿐이다. 그러니 더 이상 우리는 죽은 사람이나 파괴된 세상 따위를 걱정할 필요가 없다.

베로니카　무슨 말인지 이해할 수 없어요.

목소리 2　죽음 속에서 죽음을 이해하지 못하는 건 지극히 당연하다. 그리고 죽음 뒤에도 여전히 살아 있다고 믿도록 하는 게 신이 노예의 숫자를 늘리는 방법이다.

목소리 1　그게 신을 믿는 자로서 할 소리냐? 죽음이라면 군인으로서 34년 6개월을 복무한 나보다 더 잘 아는 사람도 없을 것이다. 확고한 신념으로 장전된 내 총구 앞에서 누구도 죽음을 향한 공포를 숨길 수 없었으니까. 단언컨대, 우리가 죽은 것이라면 이토록 편안할 수가 없다. 아니, 이토록 불편할 수도 없다.

베로니카　어쩌면 고도가 여전히 살아 있다는 걸 믿게 하려고 그의 주검을 목격한 우리를 모두 죽여야 했는지도 모르죠. 신은 자신의 실수를 인정하는 걸 너무 싫어하니까요. 하지만 그 결정이 세상 사람들에게는 확실히 유익할 것 같긴 하네요. 어차피 우린 살아서도 거의 존재하지 않는 자들이었으니까요.

목소리 1 　아냐. 절대 그렇지 않아. 누구도 모호한 대의를 위해 희생을 강요할 순 없어.

목소리 2 　34년 6개월 동안 군인으로 살았던 네가 그렇게 이야기할 자격이 있을까?

베로니카 　제가 죽었으니, 세상은 매독으로부터 안전해졌겠군요.

목소리 2 　세상 사람들은 더 이상 나의 낡은 자전거나 너의 녹슨 총구를 두려워하지 않게 됐겠지. 그렇다면 관 속에 누운 우리에게 명령할 수 있는 자도 이미 사라지지 않았을까? 거치적거리는 죄책감 따위를 벗어던질 때가 됐어.

목소리 1 　다들 미쳤군. 네가 무슨 말을 하더라도 더 이상 대꾸하지 않겠어. 나의 이성마저 고장 나면 우린 결코 이 비극 밖으로 나갈 수 없을 테니까.

목소리 2 　말을 하지 않으면 너는 도대체 이 암흑의 진창, 또는 빛의 궁륭에서 어떻게 존재할 셈이지?

목소리 1 　존재한다니, 죽은 자들이? 이야기만으로?

베로니카 　이번만큼은 당신이 틀린 것 같아요. 어째서 세상엔 살아 있는 것들만 존재한다고 생각하시는 거죠? 세상

어느 곳도 완전히 비어 있진 않아요.

목소리 2 살아 있는 놈들은 제 목숨을 마치 특권이나 진실로 여기는 고약한 버릇이 있지. 자신이 이해하지 못하는 건 절대 인정하지 않아. 봉인해서 숨긴 것들을 사라졌다고 믿는 것도 그 때문이지. 가엾은 녀석. 너에겐 사유 없는 추억뿐이구나.

목소리 1 부활했다는 고도를 당장 만나 봐야겠다. 그러기 전까진 아무 말도 믿을 수 없어.

목소리 2 그가 우릴 볼 수 있을까?

베로니카 그럼요. 그는 거의 존재하지 않는 것들에도 관심을 쏟을 만큼 예민한 사람이니까요. 당신들의 헬멧이나 군화, 그리고 제 가방을 발견하는 즉시 상황을 파악할 수 있을 거예요.

목소리 1 그런데 왜 저것들이 저기 있는 거지? 아무것도 기억나지 않아.

목소리 2 넌 군화 끈으로 목을 매는 게 가장 명예로운 방법이라고 고집했어. 그래서 내가 헬멧까지 빌려줬지.

목소리 1 말도 안 돼. 언제라도 안팎의 적들과 싸울 준비가 된 군인은 절대로 자살하지 않아. 그런 면에서 군인보다 더 철저한 실존주의자도 없을 거야.

목소리 2 넌 더 이상 군인이 아니야. 연금 때문에 공무원과 다퉜다는 사실을 기억해 봐.

베로니카 그래요. 당신은 갑자기 군화 끈을 풀어 올가미를 만들더니 옷걸이에 걸었어요. 하지만 발을 구르기엔 높이가 너무 낮았죠. 그래서 당신은 헬멧을 바닥에 깔고 그 위에 무릎을 꿇는 방법을 고안했어요. 모든 준비를 끝냈을 때 때마침 태양이 번쩍였고 균형을 잃은 당신이 헬멧 위로 미끄러졌죠. 그러고는 한참 동안 아무 말도 하지 않았어요. 한쪽 군화를 신은 채 말이에요.

목소리 2 네 마지막 표정을 너도 봤어야 했는데. 어찌나 행복해 보이던지 나까지 눈물이 날 정도였지.

목소리 1 결국 나는 너희들에게 살해된 게 틀림없다.

베로니카 당신이 생전에 목숨보다 더 소중하게 여기셨던 명예를 마지막까지 지켜 드리기 위해 저희가 얼마나 애썼는지 아신다면 절대로 그렇게 서운하게 말씀하진 못하실 거예요. 당신의 죽음을 돕느라 정작 우린 유언을 남길 여유도 없었죠.

목소리 2 우리도 너를 따라 자살했으니 너무 억울할 필요는 없다.

목소리 1 어떻게?

목소리 2 　칼로 서로의 목을 깊숙이 찔러 주었지.

목소리 1 　칼이 있었다고? 그게 어디서 난 거지?

목소리 2 　저 여자의 가방 속에서 찾았지. 빵을 자르는 뭉뚝한 칼이어서 날을 벼리느라고 시간이 지체되긴 했어.

목소리 1 　아, 나는 왜 저 여자의 가방을 뒤져 볼 생각을 하지 못했을까?

목소리 2 　또 무슨 헛소리를 늘어놓고 싶은 것이냐?

목소리 1 　저 여자가 바로 고도를 살해한 범인이었어. 우릴 감쪽같이 속였군.

베로니카 　이제 제발 그만 좀 하세요. 다 끝났어요. 우린 죽었고 고도는 살아났어요.

목소리 1 　둘 중 마지막 칼을 잡은 게 누구였지? 네가 먼저 죽은 건 아니겠지? 이 여자의 맥박이 멈춘 걸 직접 확인했느냐?

목소리 2 　쓰러진 순서 따위가 뭐가 그리 중요하담?

목소리 1 　왜냐하면 저 여자는 우리를 속이고 죽지 않았을 수도 있으니까.

목소리 2 　그만둬라. 네게 갑자기 살아야 할 이유라도 떠오른 것이냐?

베로니카 　하긴 고도 씨를 만나지 못하고 죽은 건 너무 안타까워요. 조금만 더 기다렸다면 그를 만날 수도 있지 않았을까요? 지금이라도 그가 이곳을 지나간다면 제발 살려 달라고 소리칠지도 몰라요.

목소리 2 그가 우릴 알아볼 수 있을까?

베로니카 그럼요. 그에겐 신비한 능력이 있어요.

목소리 1 그런데 우리가 그를 어떻게 알아보지?

목소리 2 프랑스 국기를 뒤집어쓰고 있던 그의 얼굴을 나는 똑똑히 기억할 수 있지.

베로니카 저도요.

목소리 1 이런, 한심한 놈. 물이 그릇의 형상을 따르듯, 부활한 그가 여전히 같은 모습을 하고 있을 리 없다. 만약 죽은 자가 살아 돌아왔다는 소문이 퍼지면 신도들은 성직자를 찾아가 자신의 죽은 가족을 살려 내라며 소란을 피울 텐데, 평화와 복종을 사랑하는 신이 그런 상황을 좋아할 것 같지 않구나.

목소리 2 그러면 고도를 어떻게 알아보지?

목소리 1 우리는 그를 먼저 알아볼 수 없고, 그가 우리에게 먼저 아는 체해야 한다.

목소리 2 제길, 이럴 줄 알았다면 처음부터 그를 만나러 오는 게 아니었는데.

목소리 1   그런데 우린 왜 고도를 기다렸던 거지? 일 프랑씩 받기 위해서였나?

베로니카   그렇게 천박한 이유 때문은 아니었어요. 저마다 간절한 소망이 있었던 것 같은데, 죽고 나니 간절함이 싹 가시고 말았군요.

목소리 2   꿈속에서 화장실을 급히 찾아 헤맬 때 꼭 그런 느낌이지.

목소리 1   우리가 지금 꿈을 꾸고 있단 말이냐?

목소리 2   지금 우리가 갇혀 있는 게 죽음이 아니라 꿈이라면 더욱 끔찍할 것 같다. 단 한 차례만 일어나는 죽음에 비해 꿈은 지루하게 반복되니까. 그러면 우린 조만간 깨어서 권태와 굴욕과 허기 사이를 또다시 드나들어야 하겠지.

베로니카   저도 죽음에서 깨어나고 싶진 않아요.

목소리 2   아, 기억났다. 난 고도에게 투르 드 프랑스 경기에 함께 참가하자고 제안할 작정이었다. 피레네산맥 부근에서 일어난 추돌 사고로 많은 선수가 경기를 포기했다고 들었거든. 하지만 그들은 자신의 결정으로 프랑스의 역사가 얼마나 오염될지 전혀 상상하지 못했지. 나는 내 낡은 자전거를 타고 그들을 찾아가서 다시 달리도록 설득하고 싶었다. 그러려면 고도의 지혜와 능변이 필요했지.

베로니카 고도 씨가 파리 사교계 인사들과 친분이 깊다는 소문을 듣고 저는 버스 정류장에서 그를 매일 기다렸지요. 끼니 걱정 없이 재능을 주목받고 싶었어요. 파리는 만인의 윤리로서 개인의 자유를 억압하지 않는 곳이니까 새로운 삶을 시작하는 데 최적의 공간이었죠. 하지만 그가 제게 건넨 이십 프랑에 너무 감격한 나머지 제 인생의 유일한 희망이 눈앞에서 사라지고 있는데도 끝내 붙잡지 못했답니다.

목소리 2 이젠 네 차례다.

목소리 1 무슨 소리냐?

목소리 2 너도 고도를 만나려 하지 않았느냐?

목소리 1 그를 만나려 했던 게 아니다.

베로니카 그를 기다리라는 명령을 받으셨다고 말했잖아요?

목소리 2 끝까지 진실을 말하지 않다가 우리가 떠난 뒤에 후회하지 말아라.

목소리 1 내 임무는 반체제 인사인 그를 암살하는 것이었다. 하지만 그의 주검을 발견하자 뭔가 잘못됐다는 사실을 뒤늦게 깨달았다. 나 말고도 명령받은 자들이 많았던 것 같다. 그리고 암살자마저 암살하기 위해 누군가 대기하고 있었을 것이다. 하지만 명령을 의심하는 순간 군인에겐 죽음뿐이라고 배웠다.

목소리 2 진실을 고백하는 것만으로도 너의 죄악은 이미 용서받았다. 부당한 명령을 당당히 거부한 너의 용기를 칭찬하고 싶구나.

목소리 1 내가 명령을 거부했다고? 난 아무것도 하지 않았다.

베로니카 아무것도 하지 않은 게 군인에겐 곧 항명이죠.

목소리 1 비밀이 사전에 새어 나가는 상황을 두고 군인들은 〈명령이 터졌다〉라고 표현한다. 명령을 터뜨린 자는 군 법원의 처분을 기다려야 한다.

목소리 2 그 전에 죽었으니, 네가 그들을 영원히 이긴 셈이다.

베로니카 자, 그럼 우린 이제부터 뭘 해야 하죠?

목소리 2 일단 우리가 갇혀 있는 곳이 죽음인지 아니면 꿈인지 확인해 보자.

목소리 1 어떻게 하자는 말이냐?

목소리 2 그건 나도 모른다. 그저 죽음과 꿈 중에 반복되는 건 후자라는 사실만 알고 있다.

목소리 1 하나 마나 하는 소리.

목소리 2 만약 꿈에서 깨어난다면 이곳에서 꼭 다시 만나자.

베로니카 잔혹한 전쟁을 겪은 뒤로 전 꿈을 기억하는 능력을 완전히 잃어버렸어요. 그러니 설령 꿈에서 깨어난다고 하더라도 당신들이나 이곳을 기억할 수 없을지 몰라요.

목소리 2 그렇다면 할 수 없지. 어제의 우리로 각자 오늘을 사는 수밖에. 그래도 세상은 크게 달라지지 않을 거야.

목소리 1 철수 명령을 받기 전까지 나는 이곳에 남아서 고도를 기다리겠다.

목소리 2 고도는 언젠가 꼭 나타나겠지만 너는 그를 절대 죽일 수 없을 거야.

목소리 1 그를 죽이려는 게 아니라 지켜주려는 것이다.

목소리 2 하지만 넌 더 이상 군인이 아니잖아.

목소리 1 나는 34년 6개월 동안 군인으로 살았으니 이제 군인이 아니어도 상관없다.

베로니카 그럼 저도 여기 남겠어요.

목소리 2 혹시 나를 추방하고 너희 둘만 여기서 살고 싶은 것은 아니냐?

베로니카 만약 우리가 지금 죽음이나 꿈에 갇혀 있다면, 뭐든 상상하고 아무렇게 행동해도 괜찮지 않을까요?

목소리 1 그렇다면 나는 당신에게 프러포즈하고 싶소.

베로니카 살아 있을 땐 결혼하지 않겠다고 맹세했는데, 이젠 타락을 걱정해야 할 육신이 사라졌으니 맹세를 따라야 할 필요도 없겠네요. 하지만 만약 우리가 죽음이나 꿈에서 빠져나가는 즉시 전 당신과 이혼할 거예요. 전쟁과 자전거 경주가 지상에서 사라지지 않은 한 전 남자들을 믿을 수가 없어요.

목소리 2 그럼, 나도 여기 남아서 당신들 결혼식의 유일한 하객이 되어 주겠소.

목소리 1 고도에게 주례를 맡기면 어떨까?

베로니카 좋은 생각이에요.

목소리 2 신랑 신부에게 고도가 무슨 이야기를 해줄지 궁금하군.

목소리 1 그런데 고도가 혹시 아랍인이라면 어떻게 하지? 아랍의 전통도 결혼식 날 신랑과 신부가 하객들 앞에서 키스할 수 있도록 허락해 주겠지?

드래곤 세탁소
김홍

유나는 정서와 중학교 때부터 평생을 알아 왔는데, 소원해진 건 5년 전부터였다. 남편과 헤어진 정서는 호주로 떠난 뒤에도 유나에게 자주 연락해 왔다. 브리즈번의 동물원에서 영상 통화를 걸어오기도 했고, 셰어 하우스에서 혼자 맥주를 마시며 카톡을 보내오기도 했다. 정서는 새로운 환경에 잘 적응하지 못하고 있었다. 그러다 코로나19가 터졌고, 정서는 귀국을 결심했다. 정서를 걱정하느라 하루를 다 보내던 유나는 그제야 마음이 좀 놓이는 기분이었다. 이제는 친구를 외롭지 않게 둘 생각이었다.

귀국 후부터 정서는 유나의 연락을 피했다. 오래 기다려야 한 번씩 답장이 돌아왔고, 어렵게 잡은 약속은 번번이 직전에 취소됐다. 유나는 정서에게 무슨 일이 생긴 게 틀림없다고 생각했다. 무작정 정서의 집에 찾아간 일도 있었다. 하지만 정서는 그곳에 살고 있지 않았다. 허락 없이 자신을 찾아내려 한 것에 크게 화를 내기까지 했다. 유나는 깨달았다. 정서를 계속 걱정하다가는 정서를 미워하게 되고 말 거라는 것을. 정서가 처음부터 존재한 적 없었던 것처럼 살기 위해 노력했다. 몇 달 전 정서에게 연락이 오기 전까지는 그랬다. 정서는 유나에게 꼭 하고 싶은 이야기가 있다고, 유나를 만나고 싶다고 했다.

그 무렵 유나는 정서를 미워하고 있었다. 정서를 걱정하는 것을 멈추지 못했기 때문이다. 정서는 예전에 늘 만나던 카페에서 보자는 연락을 해왔다. 유나는 알 수 없는 불안을 느끼며 외출 준비를 했다. 정서에게 줄 선물을 담은 쇼핑백이 빵빵했다. 약속이 깨질 때마다 주지 못한 것들이 쌓여 있었다. 길 가다 마주친 편집 숍에서 발견한 꽃무늬 마스킹 테이프 같은 것들이었다. 다른 사람을 주거나 유나 자신이 쓸까 생각하기도 했지만 언젠가 정서를 다시 만날 날이 있을 거라고 믿었다.

두 사람의 카페는 세탁소로 바뀌어 있었다. 쌀쌀한 바람을 맞으며, 주유소 같은 화학 제품 냄새를 참아 가며 두 시간을 그 앞에 서 있었다. 유나는 화조차 나지 않는 자신이 조금 이상하다고 생각했다. 집에 돌아온 저녁에 유나는 경찰로부터 연락을 받았다. 정서의 차가 가로수를 들이받았다고 했다. 그날 낮에 일어난 일이었다. 정서의 핸드폰에 남은 마지막 발신 연락처가 유나의 것이었다. 가로수의 위치와 사고가 발생한 시간으로 짐작건대 유나를 보러 오는 길이었다. 정서가 하려던 말이 무엇이었는지 결국 듣지 못했다. 유나는 깨달았다. 정서를 걱정할 수도 미워할 수도 없게 됐다는 것을.

유나는 그날부터 한참 동안 잠을 이루지 못했다. 약속을 잡던 정서의 목소리가 귓가를 계속 맴도는 듯했다. 유나는 끊임없이 자신을 의심했다. 그 통화에서 내가 놓친 작은 단서가 있었던 건 아닐까? 정서가 내게 드러낸 미세한 기척을 심상하게 지나쳐 버린 건 아닐까? 내가 혹시 소리 내서는 안 될 단어를 부지불식간에 입 밖으로 낸 건 아닐까? 그러다가 유나는 이상한 생각을 하기도 했다. 늦게 도착한 정서가 약속 장소에서 여전히 나를 기다리고 있는 건 아닐까? 당연한 얘기지만, 그럴 리는 없었다. 정서는 죽었으니까.

불면에 지친 유나는 밤거리를 걷기 시작했다. 새벽까지 쏘다니다 들어오면 수면압에 못 이겨 잠깐이라도 눈을 붙일 수 있었다. 겨울의 막바지였다. 하루하루 날이 풀려 가는 게 몸으로 느껴졌다. 걸으면 금세 훈기가 돌아 복장도 얇아졌다. 그러다 봄이 왔다. 봄밤이 사람들을 불러냈고, 천변을 걷는 사람들은 많이 웃었다. 생기로 가득 차 있었다. 달이 가득 차 자정을 넘긴 시간인데도 저녁처럼 밤이 환했다.

  유나는 집에 가고 싶은 마음을 뿌리치고 계속 걸었다. 걷다가 아무래도 목적지가 필요하다는 생각을 했고, 정서와의 마지막 약속 장소에 가보기로 했다. 늦게 도착한 정서가 그곳에서 여전히 유나를 기다리고 있을지 몰랐다. 정서를 너무 오래 기다리게 하고 싶지는 않았다. 그렇게 생각하니 자신도 모르게 걸음이 빨라졌고, 등이 땀에 촉촉이 젖어 가는 게 느껴졌다. 잠시라도 멈춰 서면 몸에 한기가 돌 게 분명했다. 감기에 걸릴까 봐 걱정이 됐다. 며칠을 앓아눕다가, 돌봐줄 사람도 없이 혼곤한 날들을 보내다가, 죽어 버릴 것 같았다. 유나는 죽고 싶지 않다고 생각했다. 밑도 끝도 없는 생각이 두렵게 유나를 덮쳐왔다. 그렇게 한참을 걸어 드래곤 세탁소 앞에 도착했다.

무 스 탕
토 스 카 나
밍 크 가 죽
카 페 트
양 복 양 장
고 급 의 류 전 문

유리문에 붙어 있는 글자 중에 유나가 알지 못하는 단어는 토스카나뿐이었다. 유럽 어딘가의 지명처럼 느껴졌다. 와인 이름 같기도 했고, 어느 귀족 부인의 별명인 것처럼 생각되기도 했다. 무토밍카양고. 무토밍카양고. 앞 글자들을 따라 읽으니 고대의 주문을 외는 기분이었다. 탕나죽트장문. 이건 용맹한 추장의 이름 같기도 했다.

세탁소는 비어 있었다. 희미한 형광등 불빛이 빼곡히 걸려 있는 옷들을 비추고 있었다. 불 끄는 걸 잊고 갔거나, 그곳에 세탁소가 있다는 걸 잊지 않게 하려는 생각인 것 같았다. 유나의 목덜미에 찬바람이 쌩 불었고, 두 팔로 몸을 끌어안아 봤지만 전혀 도움이 되지 않았다. 죽음을 이불처럼 두른 기분이었다. 그때 세탁소 안쪽에서 누군가 옷 사이를 열고 나와 평대 앞에 서서 다림질을 시작했다. 유나는 깊게 생각하지 않고 세탁소의 문을 당겨 열었다.

「토스카나가 뭐예요?」

유나를 물끄러미 쳐다보던 주인 아줌마가 다림질로 돌아갔다. 슉슉 스팀을 뿜어낼 때마다 흰 와이셔츠가 반듯해지는 게 보였다. 밖에서는 볼 수 없었던 낮은 전기난로 위에 노란 주전자가 옅게 김을 내뿜었다. 따듯했다. 유나는 생각했다. 여기 있으면 죽지 않겠구나. 짧은 머리를 세게 볶은 주인 아줌마의 머리에서도 김이 올라오는 것 같았다. 세탁소는 밖에서 보는 것보다 훨씬 환했다. 어두워 보였던 건 창문에 맺힌 습기 때문이었다.

「무스탕 같은 거.」

「무스탕이랑 뭐가 달라요?」

「토스카나가 털이 좀 더 길지.」

「여기 카페 있지 않았어요?」

「카페가 있었지. 그전에는 비누 가게였고, 건물 생기기 전에는 단층집이었다고 하더라고. 집이 생기기 전에는 바위가 있었을 거고, 바위가 산에서 굴러오기 전에는 풀만 있었겠지. 커피 한 잔 줘?」

아줌마는 유나의 대답을 듣기도 전에 커피믹스 봉지를 뜯고 있었다. 종이컵에 믹스를 붓고 주전자를 기울여 물을 따랐다. 커피믹스 봉지로 뜨거운 물이 담긴 종이컵을 휘휘 저었다. 봉지를 입으로 야무지게 훑고선, 분홍색 플라스틱 홀더에 컵을 꽂았다. 손잡이가 유나 쪽을 향하도록 건넸다. 유나는 허리를 굽혀 두 손으로 커피를 받았다.

「약이다 생각하고 홀홀 들이켜. 추웠다 더웠다 하면 감기 걸려.」

아줌마는 다림질을 마친 와이셔츠를 머리 위에 걸며 말

했다.

「감기 걸리면 죽어.」

유나는 커피를 호로록 들이켜다가 사레에 들려 컥컥거렸다. 아줌마가 자기 손에 두루마리 휴지를 둘둘 감아 건넸다. 유나는 그걸 받아 입을 닦았다. 그러는 사이 아줌마는 옷 사이를 열고 세탁소 안쪽으로 사라졌다. 유나는 고개를 돌려 구석구석을 살피기 시작했다. 벽에 걸린 시계에 〈디지털〉이라는 글씨가 크게 새겨져 있었다. 마치 〈디지털〉을 처음 발견한 것을 기념하기 위해 만든 제품 같았다. 시간은 1시를 넘어가고 있었고, 따듯한 커피가 발끝에 도착했는지 발가락이 간지러웠다. 유나는 운동화 속에서 발을 꼼지락거렸다. 아줌마가 옷 사이를 다시 열고 나왔다. 큰 대야에 빨랫감이 가득 담겨 있었다

「왜 이렇게 늦게까지 하세요?」

「낮에 너무 잤어. 자려고 해도 잠이 안 와.」

아줌마는 빈 대야를 하나 꺼내 주전자에서 더워지고 있던 물을 쫄쫄쫄쫄 받았다. 평대 위 선반에서 계량컵과 스푼, 가루와 액체가 담긴 통을 여러 개 내렸다. 겉절이 무치는 사람처럼 이 통에서 한 스푼, 저 통에서 한 컵, 노란빛이 나는 액체 한 바퀴를 대야 위에서 돌렸다. 쉬이잇 바람 빠지는 소리를

내며 대야 속의 액체가 작은 연기를 내뿜었다. 아줌마는 다리미 선반 옆에 꽂아 둔 나무젓가락을 뽑아 대야에서 휘휘 돌렸다. 유나는 종이컵에 있던 커피를 모두 마셨고, 입이 들척지근해졌다. 뭔가 시원한 걸 들이켜고 싶었다. 그때 아줌마가 평대 아래 미니 냉장고를 열었다. 짜리몽땅한 맥주 캔이 상표가 보이도록 반듯하게 담겨 있었다. 유나의 손에 차가운 맥주 캔을 건넸다.

「차 안 가져왔지?」

「저 목마른 거 어떻게 아셨어요?」

「얼굴에 다 쓰여 있어.」

유나는 허리를 펴서 거울에 비친 자기 얼굴을 확인했다. 평대 바로 앞에 넓고 큰 거울이 붙어 있었다. 매일 닦은 듯 깨끗했다. 유나의 얼굴에는 아무것도 쓰여 있지 않았다. 만약 얼굴에 무언가 쓸 수 있다면 유나는 〈신사역에서 깨워 주세요〉 같은 것을 쓰고 싶었다. 지하철에서 유용할 것이었다. 혹은 〈아무 일도 없습니다〉 같은 것. 괜찮냐는 인사는 그만 듣고 싶었다. 유나는 아줌마가 준 맥주 캔을 따서 홀홀 들이켰다. 점막을 때리는 탄산이 아릿해 얼굴을 찡그렸다. 이제 정서에 대해서는 생각하고 싶지 않았다. 슬픔도 자책도 중단하고 싶었다.

「잠을 잘 못 자는 편이야?」

아줌마가 물었다.

「요즘 좀 그렇네요.」

「그럼 가끔 들러. 밤에 혼자 있으면 심심하거든.」

유나는 고개를 끄덕였다. 그러지 않을 이유도 없었다.

*

다음 날 유나는 당근 마켓에 들어가 자전거를 샀다. 핸들 앞에 라탄 바구니가 달린 민트색 미니벨로였다. 물건을 팔러 나온 중학생 아이는 몇 번 타지 않은 자전거를 팔게 되었다며 아쉬워했다.

「저희 가족이 이민을 가거든요.」

「어디로 가요?」

「호주요.」

「가면 베티스 버거에 가봐요. 햄버거가 맛있대요.」

「아줌마도 호주 가봤어요?」

「친구가 알려 줬어요.」

유나는 아이에게 만 원짜리 한 장을 더 꺼내 줬다. 가서 햄버거 사 먹을 때 보태라고 했다. 가지 말라고 하고 싶었다. 호주에는 가지 마. 그냥 여기서 살아. 아줌마랑 드래곤 세탁소

가자. 그런 말을 하지는 않았다. 아이는 두 손으로 돈을 받고 꾸벅 인사했다. 유나는 자전거에 올라타 페달을 밟았다. 조금 덜컹했지만 금방 중심을 잡고 달릴 수 있었다. 동네를 한 바퀴 돌았더니 자신감이 생겼다. 드래곤 세탁소 쪽으로 방향을 잡았다. 버스 정류장에 자전거를 판 아이가 서 있어서 인사했다. 아이는 아까처럼 고개를 꾸벅 숙였다. 며칠 전까지만 해도 어두웠을 시간인데 여전히 밝았다. 횡단보도를 건널 때마다 좌우를 두 번씩 살폈다.

드래곤 세탁소의 문은 닫혀 있었다. 형광등은 켜져 있지만 문이 열리지 않았다. 유나의 손이 문에 닿을 때마다 딸랑딸랑 종소리가 났다. 기다려도 인기척은 전혀 없었다. 유나는 자전거를 전봇대 옆에 세워 두고, 세탁소 앞 문턱에 걸터앉았다. 패딩 안 주머니에서 아이코스를 꺼냈다. 스틱을 꽂고 기다리자 준비 완료를 알리는 진동이 울렸다.

담배를 처음 배운 건 정서와 함께였다. 스물셋에 두 사람은 기차 여행을 다녔다. 부안의 한 민박집에 묵었는데, 방 한가운데에 난로가 있었다. 동그랗고 낮은, 모래시계 모양의 전기난로였다. 아침 먹고 나와 순천으로 향하는데 민박집 아저씨에게 전화가 왔다. 화가 많이 난 목소리였다.

「왜 난로에 코딱지를 던져 놓습니까?」

너무 화난 목소리라 주눅이 들어 유나는 우물쭈물 대답도 제대로 못 했다.

「그게 타면 얼마나 냄새가 독하고 보기에도 안 좋은지 알아요? 한두 개 던져 놓은 것도 아니고 온통 사방으로 열선 있는 데에 다 튕겨 놨네. 멀쩡한 아가씨들이 대체 왜 그럽니까?」

유나는 연신 머리를 조아리며 죄송하다고 했다. 전화 건 사람이 자신을 볼 수 없다는 것도 잊었다. 정서의 표정도 잔뜩 불안해져 있었다. 전화를 끊고 정서에게 물었다. 코딱지, 너야? 유나는 아니었으니까, 당연히 정서겠거니 싶었다. 정서는 펄펄 뛰며 부인했다. 자기는 코딱지를 파기보다는 코를 푸는 스타일이고, 콧속이 약한 편이라 코딱지를 파게 되면 금방 코피가 난다고 했다. 그러더니 씩씩거리며 민박집 주인에게 전화를 걸었다. 정서가 그렇게 화난 모습을 본 건 처음이었다. 우리는 코딱지를 난로에 던지지 않았다고 고래고래 소리를 질렀다. 그 뒤로도 정서에게서 그 정도의 분노를 본 일은 없었다.

코딱지와는 관련 없지만, 두 사람은 전날 밤 담배를 처음 피워 봤다. 민박집 평상 위에 있던 주인 아저씨의 담배 두 개비를 꺼내 한 대씩 나눠 피웠다. 신기하게 기침 한번 하지 않았다. 누구랄 것도 없이 두 사람 다 그랬다. 그 순간을 떠올릴 때마다 코딱지에 대해 목소리를 높였던 정서의 얼굴이 세트처럼 따라왔다. 상관없는 두 개의 기억이 그렇게 찰싹 붙어 있다는 건 신기한 일이었다. 정서는 호주에 가면서부터 담배를 끊었다. 담뱃값이 한국의 대여섯 배는 된다고 했다. 그러잖아도 돈이 부족한데, 막상 끊어 보니 담배라는 게 자기 삶에 그렇게 중요한 부분이 아니었다는 걸 깨달았다고 했다. 유나는 말했다. 나도 이게 중요해서 피우는 건 아니라고. 이건 나한테 한 번도 중요한 적이 없다고.

다 피운 꽁초를 담뱃갑에 거꾸로 꽂았다. 그렇게 하기를 여러 번 하는 동안 날이 어두워졌다. 기다림이 지루해진 유나는 자리에서 일어나 엉덩이를 털었다. 이제 그만 집에 돌아가 볼까 하는 생각이 들었다. 그 자리에서 누군가를 기다린 게 처음이 아니라는 걸 깨달았다.

세탁소 옆 미장원의 불이 꺼지고, 주인으로 보이는 남자가 나와 문을 잠갔다. 그 남자가 유나에게 물었다. 아까부터 왜 계속 거기에 있는 거냐고. 유나는 세탁소의 문이 열리길 기다리고 있다고 대답했다. 남자가 딱하다는 표정을 지었다. 그러더니 문 옆에 붙은 작은 벨을 누르고 떠났다. 잠시 뒤에 커튼처럼 드리워진 옷 더미를 열고 아줌마가 나타났다. 목을 앞뒤로 느리게 스트레칭하며 문을 열었다.

「왔어?」

유나는 웃으며 대답했다.

「네.」

「일찍 왔네.」

「딱히 할 일도 없어서요.」

「일을 안 해?」

「네. 지금은요.」

「그럼 우리 집에서 일할래?」

나쁘지 않을 것 같았다. 그러지 않을 이유도 없었다.

*

「사장님은 용 씨예요?」

「아니. 용 씨도 있어?」

「있죠. 용준형이나…….」

「그게 누군데?」

「가수요. 용혜원도 있고.」

「그건 또 누구야?」

「국회 의원요.」

「몰라.」

「그리고…… 그다음엔 모르겠다.」

「아, 있네, 용덕한이가 있어.」

「그게 누구예요?」

「포수 용덕한 몰라?」

「사냥꾼이에요?」

「아니. 야구 선수 말이야.」

「야구 안 봐요.」

「그러게…… 용 씨가 다 있네.」

유나는 아줌마와 나란히 앉아 밤을 깎았다. 난로 위에는 어제처럼 노란 주전자가 올라가 있었다.

「그럼 이름에 용 자가 들어가요?」

「아니. 나 고옥경이야. 높을 고, 구슬 옥, 거울 경.」

「근데 왜 가게 이름이 드래곤 세탁소예요?」

옥경 씨의 얼굴이 일순 어두워졌다. 밤을 깎던 손이 멈췄다. 무슨 말인가 하려다가 포기한 듯 입을 닫았다. 유나는 죄를 지은 기분이 됐다. 옥경 씨를 슬프게 하려던 건 아니었다.

「사장님, 괜찮아요. 어려운 얘기면 안 하셔도 돼요.」

「원래는 하고 싶은 이름이 따로 있었어.」

옥경 씨는 다시 밤을 깎았다. 보글보글 물 끓는 소리와 사각사각 밤껍질을 벗겨 내는 소리만 드래곤 세탁소의 빈 공기를 채웠다. 가만히 켜져 있던 형광등이 위잉 하더니 깜빡거렸다. 옥경 씨가 마른침을 두어 번 삼키더니 입을 열었다.

「세탁소 더 드래곤. 그걸로 해야 했어.」

「뭐가 다른데요?」

「드래곤은 단 하나뿐이야. 가장 뛰어나고 가장 강력한 존재. 유일무이한 것. 대체할 수 없고, 흉내 낼 수도 없는 것.」

유나는 옥경 씨의 마음을 알 것 같았다. 그런 것이 있다면 이름으로 정할 만했다.

「바꾸면 안 돼요? 세탁소 더 드래곤으로?」

「그건 힘들어. 단골들이 헷갈리고…… 간판에 여섯 글자가 딱 맞아.」

그렇다면 어쩔 수 없었다. 그게 현실이라면.

유나는 옥경 씨가 작업을 마친 세탁물을 배달했다. 대부분 세탁소 바로 뒤에 있는 아파트 단지의 물건이었다. 자정에 한 번, 새벽 2시에 한 번. 그렇게 두 번 왔다 갔다 하는 게 일의 전부였다. 옥경 씨가 빨래를 돌리고, 다림질을 하는 동안 유나는 티브이를 봤다. 깎아 놓은 밤을 오독오독 씹어 먹기도 했고, 단골이 가져다줬다는 꽃 차를 나눠 마시기도 했다. 꿀을 조금 넣었는데 그것도 단골이 가져다준 거라고 했다. 옥경 씨는 단골 만드는 비법에 다른 것이 없다고 했다. 누런 옷을 가져오면 하얗게 만들어 주고, 검은 옷을 가져오면 새카맣게 만들면 된다고 했다. 그리고 중요한 것 한 가지는, 약속을 지키는 것. 그래서 유나의 일이 작거나 사소하지 않다고 했다.

굳이 그렇게까지 멋진 이야기를 듣지 않더라도 유나는 자신의 일을 사소하게 생각하지 않았다. 곤란한 냄새를 풍기는 취객과 나란히 엘리베이터를 타는 건 적잖이 괴로웠지만 생각보다 재미와 보람이 있었다. 자주 마주치다 보니 인사를 하게 된 사람들이 꽤 있었다. 같은 시간에 순찰을 도는 경비원이나 바지를 걷어붙이고 새벽 배송을 하는 사람, 누군가의 야식을 한 손에 들고 새로운 콜을 잡느라 여념이 없는 배달원까지. 유나는 자신을 밤에 깨어 있는 유일한 사람으로 생각하지 않을 수 있어서 좋았다. 일이 끝나면 옥경 씨가 세탁소 앞에 나와 배웅해 줬다. 유나의 자전거가 아주 귀엽다고 칭찬을 받았다. 내일은 좀 일찍 나오라는 말을 덧붙였다.

얼마나 일찍인지는 말하지 않아서 유나는 고민했다. 점심 먹고 집을 나섰다. 햇볕이 너무 따가워 모자 쓸 걸 하며 후회를 했다. 평일 낮인데 천변에 사람이 많았다. 산신령처럼 머리가 긴 할아버지가 선글라스를 끼고 조깅 트랙을 따라 뛰었다. 손을 마주 잡은 연인도 있었다. 유나는 콧노래를 부르며 페달을 밟았다. 평소보다 세탁소까지의 거리가 짧아진 듯한 기분이 들었다. 드래곤 세탁소의 문은 역시나 잠겨 있었다. 미용실 아저씨 덕에 알게 된 벨을 눌렀다. 눈이 반쯤 감긴 옥경 씨가 잠옷 차림으로 나왔다.

「왜 이렇게 일찍 왔어.」

「일찍 오라며요.」

「저녁 같이 먹으려고 부른 건데.」

옥경 씨의 목소리에 잠이 가득했지만 책망하는 투는 아니었다. 유나가 평대 건너편 의자에 앉자 옥경 씨가 손짓하며 불렀다.

「거기서 뭐 하고 있으려고. 티브이 켜면 시끄러워서 나 못 자. 들어와.」

옥경 씨는 옷 사이를 열고 들어갔다. 유나는 잠시 고민했다. 옷 커튼 너머에 돌아올 수 없는 세상이 펼쳐져 있을 것만 같았다. 낭떠러지 끝에 말하는 토끼가 뛰어다니고 카피바라가 담배를 피우는…… 그렇다면 그곳에 계속 살 것이다. 돌아오지 않을 것이다. 그러지 않을 이유가 없으니까. 유나는 결심했다. 코트 사이에 손을 넣어 길을 냈다. 작은 주방이 전부였다. 그 옆에 나무 미닫이문이 열려 있었다. 옥경 씨의 발이 보였다.

「들어와서 몸 좀 지져. 바닥에 불 넣어 놨으니까.」

옥경 씨는 그렇게 말하고 바로 코를 골았다. 유나는 그 옆에 몸을 가지런히 해서 누웠다. 발치에 전기난로가 있었다. 주전자가 올라가 있지는 않았다. 평대 앞에 있던 걸 가지고 들어온 모양이었다. 전기장판 위에 얇게 깔린 요가 전부라 등이 배겼다. 말똥말똥한 정신으로 천장을 바라봤다. 노란 꽃과 분홍 꽃이 번갈아 그려져 있는 벽지였다. 따듯한데 좀 건조했고, 그래서 코가 말랐다. 검지로 손가락을 훑어 코딱지를 꺼냈다. 고개를 돌리지 않고 흘끔 본 옥경 씨는 입을 벌린 채 코를 골았다. 난로를 향해 손가락을 튕겼다. 딱 소리를 내며 난로에 들어간 코딱지가 치이익 소리를 냈다.

「하지 마라.」

옥경 씨가 짧고 단호하게 말했다. 유나는 깜짝 놀라 옥경 씨를 돌아봤다. 무슨 말을 한 적도 없는 것처럼 다시 입을 벌리고 코를 골고 있었다. 유나는 심란한 기분이 돼서 차렷 자세로 눈을 감았다. 갑자기 어지러워 잠이 쏟아졌다. 정서가 괜찮은 거냐고 물었다. 괜찮지, 그럼 내가 왜 안 괜찮냐고 짜증을 냈다. 생각해 보니 정서일 리가 없어서 꿈인 걸 알았다. 눈을 떠보니 옥경 씨는 옆에 없었다. 부엌의 기척이 분주했다. 미닫이문을 열고 나가니 솥에서 김이 폭폭폭폭 올라오는 중이었다.

「닭 삶았어.」

유나는 옥경 씨가 펴놓은 접이식 간이 의자에 앉았다. 옥경 씨가 통에 담긴 반찬을 꺼내고, 수저를 놓고, 냄비 받침 위에 솥을 올려놓는 동안 유나는 다른 것을 하지 않고 바지런히 움직이는 옥경 씨를 구경했다. 왠지 그러고 싶었다. 옥경 씨도 핀잔하지 않았다. 솥을 열 땐 짜잔, 까지 하며 즐거워했다. 갖은 약재를 함께 끓인 닭백숙이었다. 유나는 국물 한 국자를 떠서 식히지도 않고 꿀꺽 삼켰다. 가슴이 찢어질 것 같았다. 가슴이 찢어질 것 같았다.

「맛있어요.」

「내가 세탁소 하기 전에 남한산성에서 백숙집 했어. 그때는 후라이팬 여섯 개 한 손으로 돌리면서 지짐이 부쳤다.」

「진짜 맛있어요.」

「맛있지 그럼. 그때 사람들이 막 줄을 서고 그랬어. 계곡에 발도 담그고. 수박도 깨 먹고. 옻닭 백숙도 먹고. 옻닭 먹으려고 한 달 전에 예약하고 그랬지. 옻 오르는 사람도 우리 집 옻닭 먹으면 아무렇지도 않고 괜찮았으니까. 소문이 다 났지.」

「비법이 뭐에요?」

「옻을 안 넣었어.」

유나가 닭 다리를 입에 물고 옥경 씨를 쳐다봤다. 씹지도 삼키지도 않은 채 눈을 동그랗게 떴다.

「그럼 옻닭이 아니잖아요?」

「근데 그치들이 옻닭을 꼭 먹고 싶대잖아. 내 덕에 먹은 거지.」

「옻 안 넣었다고 말했어요?」

「암말도 안 했지. 옻닭 달라고 했으니까.」

옥경 씨는 어깨를 으쓱하며 웃었다.

「그때가 좋았지. 드래곤도 그때 봤지. 계곡 아래에서 날개를 풀럭거리면서 오는데 얼마나 멋지던지.」

두 사람은 제법 큰 토종닭을 거의 다 건져 먹었다. 옥경 씨가 남은 국물에 야채를 넣어 죽을 끓였다. 퇴근 길에 가져가라며 밀폐 용기에 담아 식혔다. 옥경 씨는 옷 사이를 열고 나가 일했다. 유나가 고무장갑 없이 설거지했다. 닭기름이 입술에 묻어 끈적끈적했다. 기분 좋게 배가 불러 왔다. 밖에 나가 담배를 피웠다. 아이코스에 스틱을 꽂고 진동을 기다렸다. 미장원 아저씨가 연초를 피우고 있었다. 유나에게 아는 척을 해서 유나도 인사를 했다. 아저씨가 아이코스를 가리키며 물었다.

「그게 맛이 나요? 나는 영 담배 같지가 않던데.」

「맛대가리 없어요. 그냥 연기나 마시는 거죠.」

「근데 그걸 왜 피워요?」

「어쨌든 담배는 피워야 되니까.」

아저씨가 감탄한 표정으로 연신 고개를 끄덕였다. 그렇지, 그건 그렇지, 하며 혼잣말도 했다. 여운이 남는 표정을 지으며 자기 가게로 들어갔다. 유나의 자전거 라탄 바구니에 구겨진 맥주 캔이 버려져 있었다. 세 개나 됐다. 꺼내다 보니 맥주가 줄줄 흘러 자전거에 다 묻었다. 버릴 곳이 마땅치 않아 바구니에 다시 넣었다. 세탁소로 돌아갔다. 티브이 앞에서 졸고 있는데 다림질하던 옥경 씨가 말했다.

「유나야, 들어가서 자. 이따 배달 갈 때 깨울 테니까.」

유나는 괜찮다고, 괜찮다고 하다가 결국 옷 커튼을 열고 들어갔다. 난로는 밖에 나가 주전자를 머리에 이고 있었다. 바닥에 불을 넣고 누워 옥경 씨가 내 이름을 불렀네, 전에는 한 번도 부른 적 없는데, 생각하다 깜빡 잠이 들었다. 잠깐 눈을 붙였는데 하루 종일 잔 것처럼 개운했다. 시계를 보니 한참 잔 게 맞았다. 평대 앞에서 작업하는 옥경 씨에게 인사하고 나가서 담배를 피웠다. 불이 꺼지고 문이 닫혀 있는 미장원 앞에 〈당분간 임시 휴무〉라고 크게 쓴 종이가 붙어 있었다.

저 멀리서 비틀거리며 걷는 사람이 보였다. 취객에게 좋은 시간이라고, 유나는 생각했다. 휘청거려도 부딪힐 사람이 없고, 전봇대를 붙잡고 토해도 흉볼 사람이 없었다. 그는 아주 긴 코트를 입고 있었다. 점점 세탁소를 향해 가까워질수록 그가 젖어 있다는 걸 알 수 있었다. 어깨에 내려앉은 가로등 불빛이 반짝거렸기 때문이다. 그가 가까워질수록 유나의 머리털이 쭈뼛거렸다. 주먹을 꽉 쥐었다. 손바닥에 손톱이 파고드는 게 느껴졌다. 그는 유나 쪽을 보지도 않고 지나쳤다. 아주 컴컴한 비린내가 유나의 코에 훅 끼쳐 왔다. 그가 세탁소 문을 밀며 말하는 소리가 들렸다. 가래 끓듯 쌕쌕대는 기묘한 저음이었다.

    무토밍…… 카양고…….

    딸랑거리는 종소리 뒤로 옥경 씨의 목소리가 문을 넘어왔다.

    탕나. 죽트장문.

*

    유나는 그 자리에서 담배를 반 갑 더 피웠다. 옥경 씨가 빠끔히 문을 열고 고개를 내밀었다. 손에는 작업이 끝난 셔츠

두 개와 코트 두 벌이 들려 있었다. 문틈으로 본 세탁소 바닥에 물 자국이 길게 이어져 있었다. 유나가 뭔가 말하려고 하자 옥경 씨는 고개를 저었다. 단호하고 흔들림 없는 눈으로 유나를 쳐다봤다. 유나가 대꾸도 못 하는 사이 문이 닫혔다. 유나는 옥경 씨에게 받은 세탁물을 들고 아파트 단지로 향했다. 방금 본 것의 의미를 해석하지 않으려고 애썼다. 복잡하게 생각하면 끝이 없고 단순하게 따지면 그게 끝이었다. 드래곤 세탁소에 드래곤이 온 거니까. 그게 맞나? 세탁소 옆 르네상스 미장원에 르네상스가 오지는 않지 않나? 아닌가? 사장님이 임시 휴무를 붙여 두고 하려는 게 바로 르네상스일 수도 있지 않나?

엘리베이터 문이 닫히려는데 풀페이스 헬멧을 쓴 배달원이 달려오는 게 보였다. 유나는 급히 열림 버튼을 눌렀다. 헬멧 속에서 그 사람은 계속 기침을 했다. 유나는 배달원이 감기에 걸렸을까 봐 걱정됐다. 감기에 걸리면 죽는다. 어두운 물의 냄새, 비린내, 인간과 다른 체취 같은 것이 풍기지는 않는지 크게 숨을 들이쉬어 봤다. 어지러울 정도로 진한 치킨 냄새만 가득했다. 배달원이 11층에 내리며 고개를 꾸벅 숙였다. 유나는 18층에 내려 문고리에 셔츠를 걸어 놓은 뒤 엘리베이터로 뛰어와서 사진을 찍었다. 문이 닫히고, 11층에 멈췄다. 유나는 열림 버튼을 누르고 기다렸다. 아무도 오지 않았다. 고개를 문밖으로 빼 살폈다. 어떤 인기척도 느껴지지 않았다. 버튼에서 손을 떼자 문이 닫혔다.

유나는 가져갔던 옷을 모두 배달했고, 문에 걸려 있던 옷 두 벌을 가져왔다. 세탁소 앞에서 심호흡하고 문을 열었다. 옥경 씨는 재봉틀 앞에 앉아 있었다. 거대한 천막 같은 드래곤의 날개를 가죽으로 깁는 중이었다. 손님이 찾아가지 않은 오래된 무스탕을 잘라 낸 듯했다. 토스카나일지도. 유나는 둘을 구분할 줄 몰랐다. 재봉틀 위에 놓인 날개는 옷 커튼 뒤로 이어져 있었다. 공기는 낯설고 쾌쾌했다.

「다 걷어 왔어?」

「네. 두 개요.」

「수고했어. 오늘 일찍 들어가.」

「사장님.」

유나가 옥경 씨를 불렀다. 옥경 씨가 재봉틀에서 발을 뗐다. 천천히 유나를 돌아봤다.

「하나만 물어봐. 딱 하나만.」

두 사람의 눈이 마주쳤다. 옥경 씨의 표정은 슬퍼 보였다. 솔직해 보이기도 했다. 거짓말을 해야 할 이유가 전혀 없는 사람의 눈이었다.

「정서가 저한테 하려던 말은 뭐였을까요?」

옥경 씨가 유나를 빤히 쳐다봤다. 유나의 이름을 불러 준 것처럼 정서를 불러 줬으면 했다. 하지만 옥경 씨는 정서가 누구냐고 되묻지 않았다.

「답으로 사는 게 아니야. 물음이 있어서 사는 거지.」

옥경 씨의 시선이 재봉틀로 돌아갔다. 드르르륵. 드르르륵. 구멍 나고 헤진 드래곤의 날개를 기웠다. 한마디를 덧붙였다.

「그러니까 계속 살아.」

옷 너머에서 큰 개의 기침 같은 소리가 났다. 유나는 손에 들고 있던 셔츠 두 개를 탁탁 털어 옷걸이에 정리했다. 티브이 앞 비어 있는 봉에 걸었다. 옥경 씨에게 인사하고 세탁소를 나섰다. 문이 닫히기 전 뒤에서 부르는 소리가 들렸다.

「유나야, 내일 호박죽 해먹자.」

「알았어요. 일찍 올게요.」

유나는 대답하고 문을 닫았다. 자전거 자물쇠의 비밀번호를 풀었다. 바구니에 자물쇠를 넣었다. 빈 맥주 캔이 자기들끼리 부딪히며 짤랑거리는 소리를 냈다. 세탁소에서 큰 도로까지는 완만한 내리막길이었다. 한 번도 브레이크를 잡지 않고 그 길을 내려갔다. 몸이 공중에 붕 떠올라 있는 기분이었다. 사거리 횡단보도의 신호등이 초록색으로 바뀌었다. 멈춰

서 있는 차 앞을 쌩 바람 소리를 내며 지나쳤다.

집에 돌아와 유나는 옷을 갈아입지 않고 침대에 누웠다. 말똥말똥한 눈으로 천장을 보다가, 못 보던 얼룩이 있는 걸 발견했다. 자전거를 당근 마켓에 올렸다. 살 때보다 훨씬 싼 가격을 적었다. 핸드폰에서 세계 시각을 확인했다. 호주에는 두 개의 시간대가 있었고, 유나의 시간은 그 사이에 존재했다. 당근 채팅에서 메시지가 왔다. 서로 다른 여러 사람이 유나에게 메시지를 보냈다. 자전거의 가격이 마음에 드는 모양이었다. 핸드폰을 무음으로 돌리고, 이불을 목까지 끌어 올렸다. 기침이 나올 것처럼 목이 간질간질했다. 안간힘을 쓰며 참았다. 그리고 유나는 깨달았다. 자신이 깨달은 것에 대해 깊이 생각했다. 앞으로도 오랫동안 그것에 대해 생각할 게 분명했다.

개와 꿀
박지영

1

내가 조금은 좋죠?

2

개꿀이네.

얼마 전에 열린 「물고기의 비행」 전시를 관람하던 한 관람객이 저를 보고 그런 말을 했어요. 저런 것도 아르바이트인가? 존나 개꿀이잖아. 네, 제가 하는 일이 참으로 좋아 보였던 거겠죠. 저는 대부분의 시간 동안 전시장 구석에 가만히 앉아있다가 벽에 걸린 벽시계의 분침이 12와 6을 가리키면, 일어나 전시장 안을 물속을 유영하듯 느리게 걷습니다. 느리게 걷고 느리게 행동하는 건 저의 남다른 자질이었죠. 그것을 뒤처지거나 굼뜨거나 늦되거나 부진하다는 말 대신 저의 고유한 성질이 참으로 고요하니 이곳과 잘 어울린다고 말해 준 건 제게 이 전시장 지킴이 자리를 준 아트 센터의 관장님이었어요. 의자에서 일어난 저는 벽에 설치된 오래된 모니터 안에서 헤엄치는 물고기를 들여다보며 그 꼬리의 움직임을 손으로 흉내 내어 보기도 하고요, 중앙에 설치된 수조에 얼굴을 바짝 들이대고 물고기의 아가미 호흡을 따라 하거나 고개를 젖힌 채 천장을 떠다니는 거대한 물고기의 그림자를 쫓아 손을 뻗기도 합니다. 그렇게 짧은 산책이 끝나면 저는 다시 전시장 한 구석, 제게 배정된 작고 안전한 의자에 앉아 다음 산책 시간을 기다리지요. 정해진 동선에 따라 설치된 작품을 관람하는 관람객들은 처음에는 저의 움직임을 불편해하다가도 제목에 걸린 〈산책자〉라는 명찰을 보고는 이내 저의 산책을 예술 감상의 확장된 경험으로 받아들입니다. 그리고는 중얼거리는 겁니다. 개꿀이네.

    그 단어는 얼마나 달콤한지요. 언젠가 선생님은 사실 그 말은 그렇게 좋은 의미로 한 게 아닐 거라며 그들이 제게 무례하게 군 거라고 하셨죠. 제가 그 말의 뉘앙스나 표현에 담긴 부정적인 의미를 이해하지 못해서 그런 거라고요. 선생님은 언제나 제가 누군가에게 무시당할까 봐, 존중받지 못할까 봐 걱정하셨어요. 어쩌면 선생님이 볼 때의 저는, 특별히 상냥하고 특별히 약자에게 친절한 사람에게가 아니면 쉽게 무시당하거나 존중받지 못할 만한 사람이었던 걸까요. 그런데요 선생님, 저는 이제 제가 아는 것을 알아요. 모르는 것을 몰라 괴로운 날들을 지나 저는 아는 것을 알며 좋아하는 날들을 살고 있어요. 그래서요, 저는 그 말이 좋고 제가 좋아한 것을 눈치 보지 않고 계속 좋아하기로 저와 약속했답니다. 개와 꿀이 만나 하나의 단어가 되었는데 어떻게 그 말이 나쁠 수가 있나요. 개는 제게 언제나 충성스럽고 귀여운 친구였는걸요. 엄마가 아침마다 뇌를 건강하게 한다며 한 수저씩 퍼서 건네주는 꿀에 잰 호두 정과는 한 번도 제 입에 쓴 적 없었고요. 그렇게 다정한 개와 다디단 꿀이 만나 하나의 단어를 만들었는데, 그 단어는 당연히 좋고 좋은 게 아니겠어요. 그렇게 저는 사람들이 저를 향해 종종 내뱉곤 하던 그 단어를 제 귀에 면역에 좋은 수지침을 놓듯 콕콕 박아 놓았답니다. 그러니까 선생님, 제 귀에 묻어 둔 그 꿀을 아낌없이 빨아 드세요. 그게 제가 선생님께 제 귀를 빌려드린 이유니까요.

3

꿀 먹은 귀. 맞아요, 제 귀에 꿀단지가 숨어 있다는 걸 알려

준 것도 선생님이었죠. 삼촌의 도움으로 다문화 센터에서 잡다한 사무 보조 일을 하고 있을 때였어요. 선생님은 한국어 초급 활용반의 계절 학기 수업을 맡은 임시 강사였고요. 계절 학기 첫 주가 지나갈 무렵, 잠시 자리를 비운 접수 선생님 대신 복도의 책상에 앉아 신청 서류를 받고 있을 때였지요. 젊은 타국인 아내의 한국어 수업을 신청하러 온 노인이 제가 센터에서 배운 대로 어르신이라고 불렀다는 이유로 노인 취급을 하는 게 불쾌하다며 제게 사과를 요구했습니다. 사과를 하자 이번에는 제 사과하는 태도가 기분 나쁘다며 더 화를 내며 폭언을 퍼붓기 시작하더군요. 이해할 수 없었습니다.

  죄송합니다.

  괜찮아요.

  제 문답 노트에 의하면 두 사람의 대화는 거기서 끝이 나야 했으니까요. 그래서 저는 사과를 받은 후에도 계속 화를 내는 노인이 제게 바라는 게 무언지 도통 알 수 없어 물 밖에 나온 물고기처럼 입만 뻥긋거렸고요. 그러자 노인은 자신을 무시한다고 생각했는지 더 크게 소란을 피우기 시작했습니다. 강의실에 있던 선생님과 학생들까지 복도에 나와 소동을 지켜보았지요. 제가 감당할 수 있는 낯선 시선은 한 번에 네 개가 최대치라서, 저는 그 시선의 압박을 견디지 못하고 눈을 질끈

감고 말았고요. 그러자 노인이 야, 너 내 눈 똑바로 안 봐? 하며 더 큰 목소리로 폭언을 퍼붓기 시작했습니다. 귀를 막아도 그 말이 뿜어내는 유독한 기운은 제 귓구멍을 파고들어 저를 당장 병들게 만들 것 같았지요.

컹컹컹.

네. 제가 할 수 있는 대답은 그런 것뿐이었습니다. 개 소리에는 개 짖는 소리로 응대하는 것, 그 이상의 옳은 답을 저는 알지 못합니다. 저는 저의 다정한 개 나무가 저를 공격하는 침입자들을 향해 짖곤 하던 소리를 흉내 내어 더 크게 물어뜯을 듯 소리치기 시작했습니다. 컹컹컹 왈왈왈. 그러자 노인이 한 걸음 물러서며 뭐야, 진짜 미친년 아니야, 라고 어이없다는 듯 중얼거렸지요. 귀를 막아도 나쁜 소리를 완벽히 차단할 수는 없어서, 저는 지진 대비 훈련 때에 배운 것을 기억해 책상 아래로 몸을 숨겼습니다. 이것이 지진이 아니면 무엇이겠어요. 노인의 폭력적인 말들이 열린 귀를 타고 들어와 저의 중심축을 흔들고 똑바로 서 있지도 못하게 제 몸에 커다란 진동을 일으키는데요. 성난 파도 위의 한 조각 돛단배처럼 겨우 지탱하고 있는 발밑을 온통 요동치게 만드는 데요. 그래서 저는 귀를 막은 채 책상 아래 숨어 책상의 바닥에 머리를 쿵쿵 찧기 시작했습니다.

얼마나 그렇게 있었을까요. 놀라서 달려온 경비 선생님이 노인을 붙잡고 사실은, 하면서 아주 작은 소리로 제가 보통 사람들과는 조금 다르다고 설명했지요. 조금 아픈 사람이라고요. 그러니 너른 아량으로 이해하시고 부디 화를 거두어 주시라고요. 저는 남들보다 어떤 면은 늦되고 사람들과의 원활한 의사소통에 다소 어려움을 겪고는 하지만 아픈 것도 아니고 그가 말하는 보통 사람이 무언지도 알 수 없어 저를 왜 그렇게 설명하는지 이해할 수 없었지만, 누군가의 화를 누그러뜨리기에는 그 설명이 더 효과적이라는 걸 경험을 통해 알고 있었습니다. 알고 보면 불쌍한 애야. 하자 있는 애니까 우리가 이해해야지.

마침내 노인이 한풀 꺾인, 그러나 여전히 분이 덜 풀린 목소리로 중얼거리기 시작했습니다. 아니 아프면 집에 가만히 있지 왜 나와서 사람 심기를 건드려 건드리기를. 노인은 내가 원래 무식한 사람이 아닌데 아니 경우가 그렇지 않느냐며, 원래 나쁜 사람이 아닌 자신을 순식간에 나쁜 사람으로 만든, 저의 실수가 아닌 저란〈존재〉에 대해 계속 투덜거렸고, 경비 선생님은 맞습니다, 선생님 말씀이 다 맞습니다, 하면서 저 대신 연신 사과를 했습니다. 그래도 노인의 화는 풀리지 않았고요, 잠시 외출했다가 다급히 돌아온 접수 담당 정 선생님과 센터장님까지 나와 사과를 하고 원하는 강좌의 무료 수강증을 제공한 후에야 상황은 정리가 되었습니다. 원하는 걸 얻은 노인은 책상 밑으로 허리를 숙여 저를 쳐다보았고요, 저는 불쑥 내민 노인의 얼굴에 놀라 황급히 두 팔로 머리를 감싸고는 세운 무릎 사이에 얼굴을 파묻고 말았지요. 그러자 노인이 그게 노인이 할 수 있는 최선의 사과라는 듯 책상을 탕탕 위협적으로 치고는 이런 말을 하고 돌아섰습니다. 아니 원래 모자란 사람이라고 말을 했으면 나도 안 그랬지. 보기에는 멀쩡해 보이는 사람이 일 처리를 제대로 못 하니까 내가 화가 나 안 나. 아가씨, 내가 미안해요. 그런데 아가씨도, 본인도 힘들고 남도 힘들게 하는 이런 일 말고, 본인 분수에 맞는 일을 해요. 내가 안타까워하는 소리야.

주제에 맞는 일. 분수에 맞는 자리.

네. 세상에는 그런 일과 자리가 따로 있는 건지도 모르겠습니다. 그 노인만이 아니라 그 이전에도 이후에도 많은 사람이 참으로 저를 안타까워하며, 저를 걱정하며 저의 주제에 맞는 일, 분수에 맞는 자리를 찾아 주려 애썼으니까요. 말 그대로, 저는 국어도 못하고 수학도 못해서 제 인생의 주제가 무언지 분수가 무언지 알 수 없어서, 저는 주제에도 안 맞고 분수에도 안 맞는 일을 모두에게 민폐를 끼치며 하고 있었던 걸까요.

노인이 돌아간 후, 저는 천천히 책상 밖으로 나왔습니다. 거리를 둔 채 상황을 지켜보던 몇몇 사람이 저와 눈이 마주치지 않도록 노력하며 각자의 자리로 돌아가는 것을 저는 보았습니다. 고마웠습니다. 다른 사람의 난처함을 돌아봐 주는 친절함이 있다면 모른 척해 주는 친절함도 있는 거였고, 저는 늘 후자 쪽이 편했으니까요. 정 선생님이 휴게실에서 좀 쉬고 오라고 했지만 저는 괜찮다고 했습니다. 정 선생님은 낮게 한숨을 내쉬며 그러면 이곳에서는 이제 할 일이 없으니 사무실에 가보라고 했습니다. 저는 사무실 복사기 옆 의자에 앉아 누군가 제게 일을 시켜 주기를 기다렸습니다. 아무도 제게 일을 시키지 않았습니다. 선생님 한 분이 복사를 하려는지 서류를 들고 왔고, 제가 의자에서 일어나 도우려 하자 그냥 앉아 있어요, 하더니 그래도 제가 계속 서서 머뭇거리자 곤란한 말투로 이건 내가 하면 금방 하는데, 하고는 서둘러 복사를 끝내고 다시 자신의 자리로 돌아갔습니다.

 잠시 후, 제 근태를 담당하는 서무 선생님이 전화 좀 받아보라고 저를 불렀습니다. 엄마였습니다. 엄마는 곧 데리러 갈 테니 조금만 기다리라고 했습니다. 저는 벽에 걸린 시계를 보았습니다. 퇴근 시간 까지는 아직 세 시간이나 남았는데 왜 엄마는 벌써 저를 데리러 온다는 걸까. 그래서 저는 아직 근무 시간이 남아 있다고 했습니다. 그러자 서무 선생님이 옆에서, 오늘은 일찍 들어가도 좋다고 했습니다. 저는 사무실 안을 둘러보았습니다. 모두 바쁘게 일하고 있었고 퇴근 준비를 하는 사람은 아무도 없었습니다. 저는 물었습니다. 저만요? 서무 선생님이 그렇다고 했고, 저는 또 물었습니다. 왜요? 서무 선생님은 아무 말도 하지 않고 곤란한 표정으로 다른 선생님과 눈짓을 주고받았습니다. 저는 다시 엄마에게 아직 퇴근 시간이 아니라 갈 수 없다고 했습니다. 엄마는 한숨을 쉬고는, 조금 있다 도착해서 전화할 테니 그때 주차장으로 나오면 된다고 하고는 전화를 끊었습니다. 오늘 저와 대화하는 사람은 누구나 할 것 없이 자꾸만 한숨을 내쉬었습니다. 저는 도로 제 의자에 앉아 누군가 일을 시켜 주기를 기다렸습니다. 다들 바쁜 것 같았지만, 아무도 저의 도움을 필요로 하지는 않았습니다. 십 분이 지나고 이십 분이 지났습니다. 엄마에게 전화가 왔지만 저는 받지 않았습니다. 퇴근 시간까지는 아직 두 시간 반이 남아 있었습니다. 제가 계속 앉아 있자 선생님이 다가와 제 옷과 가방을 챙기고는 저를 일으켜 세우며 제 귀에 작게 속삭였습니다.

  수경 씨, 이럴 때는요.

  네?

그냥 개꿀이네, 하고 퇴근하면 되는 거예요. 나 같으면 그럴 거라고요.

선생님 같으면 할 법한 일. 저는 그 말이 좋았습니다. 저의 일을 나 같으면, 으로 상상해 보는 문장 안에서 저는 선생님과 한 의자를 나눠 써도 좋은 〈같은〉이 될 수 있었으니까요. 선생님 입에서 나온 개꿀이라는 말도 좋았습니다. 그것은 저의 다정한 개 나무에게 산책 가자고 말했을 때, 마치 온 세상의 즐거움이 그 말 안에 있다는 듯 분홍빛 혀를 내밀고 둥실한 꼬리를 흔들며 온몸으로 들뜨고 흥분한 마음을 표현하던, 저의 유일한 친구 나무의 가장 즐거운 한때를 연상시켰으니까요. 아마 그래서 저는 선생님을 따라 밖으로 나갔던 거겠지요. 저와 함께 엄마가 기다리고 있는 주차장으로 걸어가며 선생님은 물었습니다.

괜찮아요?

네.

저는 무엇이 괜찮으냐고 묻는지도 모르는 채 정해진 답을 했습니다. 괜찮아요? 라는 질문에 아니요, 라고 대답할 수 있다는 선택지 같은 건, 저의 문답 노트에는 아예 없었으니까요. 그러나 선생님은 제 대답이 마음에 들지 않는지 틀린 답을 말한 학생을 추궁하듯이, 제게 묻는 건지 자신에게 묻는 건지 알 수 없는 말투로 또 물었습니다.

그런 말을 듣고, 어떻게 괜찮아요?

괜찮지 않아야 할 때 괜찮은 것에 대해 선생님은 화가 난 것 같았습니다. 내가 이래 봬도 왕년에, 로 시작해서 작은 실수나 불편을 끼친 직원을 향해 대역 죄인이라도 대하듯 역정을 내며 졸렬한 말을 내뱉는 성미 급한 노인보다 제게 더 화가 난 것 같았습니다. 저는 그런 상황이 불편했고, 그래서 저는 제가 만난 어른들이 다 저 잘되라고 해주는 조언이라며 제게 쓰디쓴 말을 내뱉을 때마다 하던 말을 기억했다가 그대로 들려주었습니다.

피가 되고 살이 되고.

네?

이번엔 선생님이 자신이 제대로 들은 게 맞는지 의심스런 표정으로 저를 쳐다보았고요, 저는 다시 한번 말했습니다.

다 피고 되고 살이 되는 말이니까.

그러자 선생님은 갑자기 큰 소리로 웃기 시작했습니다. 그리고 말했습니다.

부럽네. 수경 씨 귀에는 커다란 꿀단지가 있나 봐요. 그딴 개소리도 달게 만드는.

4

아무리 쓴 약초도 꿀에 재면 몸에 좋고 입에 단 약이 된다고, 엄마는 말하곤 했습니다.

5

귓구멍이 막혔냐. 왜 말귀를 못 알아먹어.

고등학교를 졸업하고 처음 일을 시작했을 때는 그런 이야기를 종종 들었습니다. 첫 직장은 엄마와 함께 공부방을 운영하는, 어떻게 자신이 낳은 딸이 이렇게 간단한 글자와 숫자도 익히지 못하는지 이해하지 못하는 엄마 대신 제게 구구단과 한글을 가르치다가는 어유, 이것 좀 모르면 어떠니, 너네 엄마가 능력 있는데, 하면서 저와 공기놀이를 하다 엄마에게 타박을 받곤 하던 진경 이모가 소개해 준 제과 공장이었습니다. 포장 라인에서 과자를 포장하는 단순한 일이라고 했는데 저는 그 단순한 일이 누군가에게는 얼마나 복잡한 일이 될 수 있는지를 증명하기 위해 투입된 실험체 같았습니다. 현장에서 생길 수 있는 모든 변칙적인 상황, 잡다한 실수들이 제 라인에서 일어났습니다. 친절한 이모들과 삼촌들의 도움 덕분에 긴 적응기를 거쳐 다른 제과업체에서 투입한 스파이라는 농담을 듣던 시기가 지난 후로도, 그러니까 그런 말이 〈뼈 있는 농담〉이고 어떤 조롱의 말도 농담의 카테고리에 넣고 웃어넘겨야만 소속된 곳에서 밀려나지 않을 수 있다는 걸 겨우 익히게 된 후에도, 저는 때때로 바뀌는 지시 사항을 바로 알아듣지 못해 한참을 헤매곤 했습니다. 왜 모든 일에는 변수가 존재하는 걸까요. 정해진 업무대로 일을 해도 늘 중간에 무언가는 바뀌고 제가 연습하고 훈련해 온 예상 범위를 벗어난 예측 못한 사소한 변화들이 종종 일어나곤 했습니다. 아무리 노트 세 장에 빼곡하게 적어 놓은 기본 업무를 숙지하고 변칙적인 상황이 생길 때마다 적어 놓은 더 많은 필기 노트를 반복해서 읽고 또 읽어도, 대응할 수 없는 어떤 새롭거나, 새롭지는 않지만 여전히 대응하기 어려운 가변적 상황들 말이에요.

다른 사람들은 그런 변화에 어떻게 그렇게 즉각적인 대응이 가능한 걸까요? 저는 정말로 제 귓구멍이 막혀서라고 생각했습니다. 그래서 지시 사항을 바로바로 알아듣지 못한다고요. 저는 인생에 있어 절대적인 진리라는 게 무언지 모르고 옳고 그름을 판단할 만한 식별력을 가진 것도 아니지만, 살다 보니 알게 되었어요. 대체로 남들은 옳고 나는 틀리다는 것. 다른 사람의 말이 정답이라 생각하고 그대로 따르면 어딘가 좀 모자란 거 아냐, 라거나 답답해서 같이 일 못 하겠어, 라는 뒷말을 듣는 일은 줄어든다는 것. 그러니 누군가 내게 귓구멍이 막혔다고 말하면, 저는 그 말이 틀렸다는 걸 증명하는 것이 아니라 그 말이 옳다고 믿고, 그 말이 가리키는 이정표 쪽으로 저를 몰아가면 되는 거였죠.

막힌 귓구멍을 뚫기 위해 열심히 귀를 파기 시작했습니다. 면봉도 쓰고 작은 숟가락처럼 생긴 은으로 된 귀이개도 쓰고 병원에서 사용한다는 작은 불빛이 달린 귀 파개나 집게 달린 귀이개도 사서 써보았네요. 그래도 달라지는 건 없었습니다. 여전히 저는 다른 사람과 의사소통하는 과정에서 늘 조금씩 삐걱대곤 했습니다. 사람들은 제가 왜 간단한 질문에 답하는 데도 그렇게 오랜 시간이 걸리는지 이해하지 못했습니다. 제 귀는 미로로 만들어진 산책길 같아서, 질문이 반환점을 거쳐 답변을 만들어 돌아오기까지 아주 긴 방황을 해야 한다는 걸, 아주 사소한 질문도 제게는 예상치 못한 허리케인과 같아서 맞는 답변을 내놓기까지는 태풍이 지나간 자리를 뚫고 부서진 언어의 의자나 사고의 식탁을 다시 조립해 내놓아야만 한다는 걸 누구도 상상하지 못했습니다.

아무리 노력해도 귓구멍은 뚫리지 않았습니다.

제 귀에는 말들이 죽어 묻힌 커다란 귀 무덤이 생겼습니다.

6

 말귀라는 건 도대체 뭘까요? 왜 제 귀에는 남들이 기본적으로 가지고 있는, 말귀를 알아듣는 기능이 탑재되어 있지 않은 걸까요.

 그 무렵, 하루에도 여러 번 담배 타임을 가지는 삼촌들과 이모들이 다투는 과정에서 1인분의 몫이라는 명제를 두고 꽤나 신랄한 대화가 오간 적이 있었습니다. 함께 일하는 동료들은 누구라고 할 것 없이 1인분의 몫을 제대로 하지 않는 몰염치한 누군가에게 화가 나 있었죠. 아르바이트 학생은 팀플에서 자기 몫의 자료 조사를 하지 않은 팀플 조원에게 화가 났고, 선숙 이모는 자신이 애써 마련해 놓은 제사상에 뒤늦게 도착해 손쉽게 숟가락만 얹은 동서에게 화가 났고, 용구 삼촌은 특별히 갈 데도 없으면서 지하철 안에서 자리를 차지하고 앉은 무임승차한 노인들만 보면 화를 참을 수 없다고 했습니다. 분노는 위를 향해서가 아니라 옆이나 아래를 향해서만 거세게 들끓는 것 같았죠. 누군가는 자신이 낸 세금으로 받은 기초 수급비로 일하지 않고도 살아가는 기초 수급자에게, 누군가는 무상 급식 카드로 돈까스를 사 먹는 어린 학생들에게까지 화가 나 있었으니까요. 높은 사람들이 높은 곳에 앉아 편하게 배려 정책을 펼수록 피해를 입는 건 최저 시급을 받으며 얼마 안 되는 고만고만한 일자리를 놓고 경쟁해야 하는 처지가 별다르지 않은 저소득층인 우리들뿐이라고, 우리도 고소득자라서 좁아 터진 공간에서 서로의 몫을 빼앗으며 살지 않아도 되면 얼마든지 관용과 자비를 베풀 수 있다고도 하더군요. 링 밖에 있는 사람들은 동경의 대상일 뿐 싸움의 대상은 될 수 없으니 링 안에 몰아넣은 체급이 비슷한 사람들끼리 피 터지게 자리다툼을 하며 싸울 수 밖에 없게 된 거라며 스스로를 멸시하기도 했습니다. 화를 낼 이유는 언제나 있었고, 화를 내는 사람들도 어디에나 있었습니다. 비난하고 배척해도 좋은 이유를 찾는 건 너무나 쉬워 보였죠. 그리고 저는, 저 역시도 그들이 화를 내는 그 손가락질 끝에 속해 있다는 걸 알았습니다. 1인분만 하고 살기에도 힘든 이들에게 그들의 몫이 아닌 0.5인분의 짐을 더 짐 지워 주는 반쪽짜리 동료, 그게 제가 발버둥 쳐 겨우 해낼 수 있는 1.5인분일지라도, 그런 건 중요하지 않았습니다. 당연해요. 평균치, 중요한 건 평균치였고 평균에 미치지 못하는 미숙함은 다른 게 아니라 틀린 거였으니까요. 정의롭지 않고 공평하지 않고 질소로 가득 채운 과자 봉지처럼 과대 포장된 채 뻔뻔하게 정량이라고 눈속임하는 허위 물건이었으니까요.

  이모와 삼촌 들은 대체로 친절했지만, 친절은 체력과 시간의 문제라서 일이 고되고 삶이 힘들어질수록 예비된 친절은 쉽게 바닥나고, 저는 저를 위한 여분의 친절을 바라는 건 매우 뻔뻔한 노릇이라는 걸 알게 되었습니다.

저는 납득했습니다. 사람은 자신이 해내는 몫만큼 화낼 권리가 있는 거라는 걸. 1.5인분을 하는 사람은 1인분의 초과치인 0.5인분만큼 타인과 세상에 화를 낼 권리가 있다는 걸. 때로 자신이 해내는 1인분만큼도 돌려받지 못한다고 생각하는 사람은 1인분을 하고도 회수되지 못한 0.3만큼 더 분개하는 게 당연하다는 걸요. 그러니 0.3인분의 몫을 하는 저는 0.7인분, 혹은 그 이상의 화를 받아야 마땅하다고요.

마땅하다고, 저는 생각했습니다.

마땅하다는 표현을 찾아내고 나서, 저는 마음의 안정을 얻었습니다. 이해하려 하지 않고 이해받으려 하지 않고, 노력은 부질없고 멸시는 마땅하다고 생각하니 때때로 막힌 귓구멍을 뚫고 들어오는 잔인한 말들에도 서럽거나 서운하지 않았고 마음에 어떤 부침도 생기지 않았습니다. 저는 제 고요를 지키기 위해 그 표현을 끌어안고 지냈습니다.

그 후로는 소음이 가득한 곳을 골라 다녔네요. 기계 소리가 공간을 장악한 곳에서는 제가 바로 알아듣지 못하는 건 문제가 되지 않았으니까요. 그런 곳에서는 제 귀가 완벽한 문장

구조로 된 어떤 질문이나 지시에서 의미를 포착하는 걸 놓치고 땅에 떨어뜨려도, 그것이 온통 소음 때문인 양 굴 수 있었습니다. 그리고 저는 실제로 귀가 잘 들리지 않는 척하는 법을 익히게 되었습니다.

못 듣는다고 오해받는 것은 안 듣는다고 이해받는 것보다 저를 평온에 머물게 해주었습니다. 물리적으로 못 듣는 사람에 대해 취해야 할 태도에 대해서라면, 이미 어떤 사회적 약속이 정해져 있는 것 같았습니다. 사람들은 신체적 장애를 가진 상대방의 입장을 바로 수용했고, 자신의 태도를 올바르게 결정했습니다. 그러니까 〈못〉 듣는 사람을 대할 때의 보통의 배려나 관용의 자세 말이지요. 하지만 명백하게 분류된 장애가 아니면서 애매하게 불편함을 끼치는 조금 부족하고 조금 느리고 조금 뒤처진 경계에 있는 사람들에 대해서라면, 사람들은 어떤 태도를 취해야 할지 몰라 당황했고, 그 당혹감 때문에 다들 조금씩 화가 나버리곤 했습니다. 그러니까 제가 아니라 자기 자신에게요. 자신보다 명백한 약자에게 베풀어야 할 친절의 몫을 그저 본인의 노력이 충분치 않아 뒤처질 뿐인 것 같은 사람에게도 나누어야 할지 몰라서 망설이고, 결핍의 진정성을 의심하다가 주저하고 외면하고, 그리고 그런 자신의 여유 없는 강퍅함에 화가 나고, 결국은 그런 자신의 〈충분치 못한) 사회적 약자에 대한 배려심, 자신이 어떤 상황에 처하기 전까지는 몰랐고 모를 수도 있었을 이해와 상냥함의 한계를 인식하게 한다는 점에서, 저를 꺼려하고 저와 동료로 지내는 것을 피하게 되었습니다. 네. 지금처럼 경계성 지적 장애인에 대한 인식이 더 일반적이 되기 전에는 더욱 그러했지요.

그것 또한 마땅하다고, 저는 받아들였네요.

그 말을 땅에 묻기로 결심하게 된 건, 얼마 전에 들은 선생님의 자조적인 말 때문입니다.

나는, 그래도 마땅한 사람이에요.

그날 선생님이 그렇게 말했을 때, 저는 그 말은 그런 식으로 쓰여서는 안 된다는 걸 알았습니다. 저는 그 말이 제 안에서 솟아난 거라 믿었습니다. 그런데 선생님이 그 표현을 쓰는 걸 보고, 그 말이 밖에서 선생님에게 갔듯이 바깥에서부터 제게로 주입되었다는 걸 알게 되었던 겁니다. 결코 마땅하지 않은 것을 마땅하다고 믿게 만드는 고요한 폭력적인 말들에 제 귀를 헌납해 왔다는 걸요. 꿀 바른 말들, 꿀을 채워 주러 온 꿀벌인 양 윙윙대며 다가와 제 귀를 쏘고 저를 안의 안까지 병들게 하는 말벌 같은 말들, 피가 혼탁해지고 살이 썩게 만드는 그런 말들은 어디서 온 걸까요?

7

 다문화 센터에서의 그날 이후, 선생님은 제게 특별히 상냥했죠. 제게 특별히 상냥하게 대하는 사람들의 마음을 저는 알아요. 저는 대체로 그런 것을 거북해하지만, 선생님은 좀 달랐습니다. 왜냐하면, 선생님이 저와 같은 당신 자매의 이야기를 제게 들려주었으니까요.
 언젠가 선생님은 얘기했었죠. 경계성 지적 장애에 대해 좀 더 일찍 알았더라면, 확실한 명칭과 증상에 대해 많은 이가 지금처럼 인지하고 있었더라면, 선생님의 자매가 학교 수업을 제대로 따라가지 못한다는 이유로 과도한 체벌을 받거나 어른들 말을 의도적으로 무시하거나 반항한다고 오해받거나, 종종 억울한 일을 당하지만 그것을 제대로 설명하지 못해 답답한 마음에 의미 없이 소리 지르거나 자해를 시도해 폭력적이라고 낙인찍히거나, 제대로 된 판단을 하지 못해 모르는 남자를 의심 없이 따라가 2년 넘게 학대에 가까운 일들을 겪고도 그것이 사랑이라 믿고 지내다가, 결국 집으로 돌아온 후에도 억압된 분노와 혼란한 자아로 인해 조현병 진단을 받고 그 후로도 줄곧 가족의 울타리 안에서만 지내게 되지 않았을지도 모른다고요. 경계성 지적 장애와 조현병의 발현이 마치 필연적인 연결 고리인 것처럼, 선생님은 본인도 그 인과 관계가 명백한지는 잘 모른다면서 제 앞에서 그런 이야기를 하셨죠. 증상에 이름을 붙이는 것은 그래서 중요하다고, 불편하다고 묻어 두는 대신 이름을 부르고 불러 그 이름의 존재를 자꾸만 각인시키고 일상 안으로 끌어들이는 것이 결국 함께 살아가는 일의 핵심이라고도요. 그러면서 선생님의 자매도 경계성 지적 장애인들에 대한 이해가 선행된 환경 속에서 학습하고 도움을 받아 사회적 관계를 쌓아 나갔다면 저처럼, 네, 저처럼 한 사람의 몫을 하며 살아갈 수 있었을지도 모른다고요. 명칭을 붙이고 널리 알리는 것은 혼란을 혼란에 머물게 하지 않고 확실한 정체성을 부여해 해결할 수 있는 문제로 바꾸어 놓는다고요.

그때도 저는 사람의 목소리를 감지해 텍스트로 바꾸어 주는 휴대폰 앱을 켜놓고 있었어요. 제가 새로운 업무를 지시받을 때요, 말은 그대로 사라져 붙잡기 어렵고 그것을 글자로 바꾸어 눈으로 한 번 읽고 입으로 또 읽어 나의 목소리로 그 말을 다시 귀에 들려주면 그래도 이해할 수 있어 그것을 제 문답 노트에 빼곡하게 적곤 했는데요, 그것을 보고 선생님이 제 휴대폰에 깔아 주신 거였죠. 그 후로 저는 선생님과 대화를 할 때마다 양해를 구하고 그 앱을 켜놓고는 귀로 들은 것을 눈으로 확인하며 소리에 담긴 말의 의미를 제 귀가 좀 더 빠르고 정확하게 파악하게 하는 연습을 하곤 했습니다. 그리고 언젠가부터는 일에 관한 순서나 방법 같은 것보다 선생님과 나누는 가벼운 잡담들, 오늘 많이 춥죠, 라거나 점심 맛있게 먹었어요? 혹은 왜 이렇게 얇게 입었어요, 감기 걸리지 않게 조심해요, 같은 말들일수록 그에 맞는 가장 올바른 답을 구하기 위해 여러 번 들여다보았지요. 그리고 그 아래에는 몇 가지 적당한 답변을 적어 두기도 했습니다. 예상 답변은 기억하기 좋게 짧고 무난한 것으로만 달아 두었지요. 네, 춥네요. 네, 맛있게 먹었어요. 네, 조심할게요.

　대화를 나눌 때 상대방의 질문을 그대로 따라 하는 식의 답변 방식을 알려 준 건 엄마였습니다. 제게 처음으로 가벼운 잡담을 나눌 동료가 생겼다는 걸 알게 된 엄마는 저보다도 더 많이 설레었던 것 같습니다. 그리고는 제 문답 노트를 함께 완성해 주었지요. 그 대화법이 익숙해지면 거기서 조금 더 나아가 똑같이 질문을 되돌리는 것까지도 해보라고 엄마는 말했지만, 그러다 대화가 길어지면 또 다시 제가 느낄 혼란을 염려했는지 이내 거기까지만 해도 충분하다고 했습니다. 네, 그게 선생님과 가벼운 대화를 두려움 없이 나누기 위해 제가 했던 훈련들이랍니다. 그것은 반복을 통해서만 가능한 일이라서, 저의 귀에는 선생님과 나눈 대화들, 선생님이 제게 건

낸 따뜻한 인사 한마디가 아주 오래 고여 있곤 했습니다. 와인 한 모금을 입안에 머금고 이리 저리 굴리며 오래 그 향을 음미하는 와인 애호가처럼, 제 귀는 선생님의 목소리를 붙잡고 깊게 음미하곤 했습니다. 그래서 지금 선생님은 조금 놀랐을지도 모르겠습니다. 선생님이 제 귀를 탐낸 이유는 외부로부터 들어온 폭력적이거나 모멸의 언어에 대한 저의 절망과 좌절을 당사자의 입장에서 이해하고 싶어서였을 텐데 제 귀에 고인 말들이 누군가의 멸시나 몰지각한 비열한 언어가 아니라 단지 선생님의 일상적인 목소리여서요. 그리고 그 일상의 다정한 목소리가, 그 꿀처럼 달콤한 말들이 때로는 제 귀를 가장 곪게 만들 수도 있었다는 걸요.

해결해야 하는 문제. 한 사람의 몫.

그 말은 사라지지 않고 제가 들여다보는 텍스트 앱에 그대로 떠 있었지요. 저는 그 말을 제 입으로 다시 읽어 보았습니다. 해결해야 하는 문제. 한 사람의 몫, 그러니까 그건 저를 가리키는 거였죠. 저는 해결해야 하는 문젯거리였고, 한 사람의 몫을 할 때에만 한 사람으로 인정받을 수 있는 사람이었던 겁니다. 선생님은 마음 깊이, 한 사람이 해야 할 몫에 대해서, 그 쓸모를 다하는 것이 인간의 도리이고 존중받을 수 있는 한 사람의 가치를 형성하는 것이라고 정의 내리고 있었던 거였습니다. 그 세계에서 그것을 충족하지 못하는 사람은, 한 사람 분의 존중을 받지 못하는 게 당연하고 공평한 일이 되는 거겠죠. 그래서인지 제가 그 말을 제 목소리로 반복하자 선생님은 아차, 하는 표정으로 저를 외면하며 아주 작게 미안해요, 라고 중얼거렸습니다. 달아오른 귀. 자신이 가지고 있던 어떤 선입견을 정면으로 마주친 사람의 당혹감이 혼재된 표정을 저는 읽을 수 있었습니다. 이상하죠. 저는 사람의 표정을 읽는 일에도 어김없이 서툰데, 이상하게 선생님의 표정은, 목소리와 몸짓과 손짓과 걸음걸이의 표정까지도, 너무 잘 읽을 수 있었습니다. 그리고 누군가에게 내가 공평하지 못하다는 감정을 품게 만들고 미안하게 만들면 대체로 옳음에 대한 강박을 가진 사람일수록 저를 불편해하고 저와 멀어지려 한다는 것에 대해 생각했지요. 그래서 저는 그때도 제 귀를 가리키며 이렇게 말했습니다. 뭐라고 하셨어요? 귀가 잘 안 들려서요.

네, 그때는 이미 제가 처음 만나는 사람이나 불편한 상황에서 귀가 들리지 않는 척한다는 걸 선생님도 알고 있었지만 그랬네요. 그리고 알고 있었기 때문에, 선생님은 씁쓸하게 웃으며 이런 말도 덧붙였던 거겠죠.

궁금하네요.

뭐가요?

수경 씨 귀에는 얼마나 많은 남들의 수치스런 말의 뼈들이 숨겨져 있을지.

아마도 그것이 선생님이 제 귀를 탐낸 이유겠지요. 충주호 부근에 있다는 귀 거래소를 조심스레 언급하며 선생님은 이렇게 말했습니다.

원한다면 수경 씨도 그곳에서 말귀를 잘 알아듣는 귀로 바꿔 낄 수도 있을 거예요.

저는 선생님이 저를 위해 귀에서 귀로, 소문에서 소문으로만 전해진다는 귀 거래소의 이야기를 은밀히 들려준 거라 생각했습니다. 말들이 출발지에서 시작해 정해진 도착지까지 정해진 시간에 정확하게 도착하는 잘 닦인 직선 도로로 이루어진 귀를 가지게 되면 사람들 속에서 살아가는 일이 한결 수월해질 것 같기는 했습니다. 그런 귀라면, 네, 저도 바꿔 보고 싶었지요. 그러나 한편 무섭기도 했습니다. 세상의 말들이 모두 달고 고운 것은 아니라는 걸 저는 알고 있었으니까요. 거칠고 험한 말들 역시 천천히 곱씹을 필요도 없이 바로 알아듣게 된다면, 그것은 어떤 보호 장비도 없이 총알이 난무하는 전쟁터에 나가는 것과 같지 않을까 하고요. 그리고 저는, 말귀를 알아듣는 귀를 가지는 대신 내놓을 것이 아무것도 없었습니다. 거래를 하려면 그에 합당한 것을 저도 주어야 하는

데, 저는 그때만 해도 귀에는 귀로, 타인의 귀를 갖기 위해서는 제 귀를 내놓아야만 한다고 생각했고, 당연하게도 귓구멍이 꽉 막힌, 말귀도 못 알아듣는 제 귀는 아무도 원하지 않을 거라고 생각했으니까요. 그래서 제가 제 귀를 원하는 사람이 있을까요? 하고 물었더니 선생님은 왠지 제 눈을 피하며 말했습니다. 선생님의 말은 입에서 나오지만 저는 그 말의 색깔을 선생님의 귀를 통해 볼 수 있었습니다. 선생님의 귀가 빨개져 있었거든요.

실은, 제가 원해요.

그리고 선생님은 자신이 사실은 소설을 쓴다고, 이상하고 부끄러운 일이라도 하는 사람처럼 달아오른 귀로 제게 말했습니다. 언젠가 저 〈같은〉 사람의 이야기를 쓰고 싶었다고, 그것을 위해서 저의 귀를 잠시라도 빌릴 수 있다면 큰 도움이 되겠다고 했지요. 곧이어 선생님은 조심스런 태도로 혹시 자신이 나중에 저 〈같은〉 사람의 이야기를 써도 되는지 물었습니다. 저 〈같은〉 사람의 이야기라는 게 무엇을 의미하는지 저는 알 수 없었고, 언제나 대체로 남들이 원하는 건 옳고 나는 틀리다고 생각했기 때문에 남이 원하는 걸 제가 하지 말라고 할 이유는 없어서 저는 괜찮다고 했지요. 진짜 괜찮아서 괜찮은 것이 아니라 괜찮지 않아도 되는지, 제게 그런 것이 허락

되는지 몰라서 괜찮은 그런 괜찮음으로요. 그러나 얼마 후 선생님이 다문화 센터를 그만두게 되며 귀 거래소에 대한 이야기는 거기서 끝이 났습니다. 하지만 선생님이 한 말은 제 귀에 오래도록 남아 있었습니다. 선생님이 제게 자매의 개인적인 이야기를 해주고 특별히 친절했던 이유도 어쩌면 그것을 위해서였을까요. 저 〈같은〉 사람의 이야기를 쓰기 위해서.

이때의 같음은 그 단어의 본래 의미로부터 얼마나 멀고 먼지요.

저는 저예요.

그것이 제가 지금 선생님이 듣고 있을 제 귀에 고인 말들로 선생님 〈같은〉 사람의 이야기를 쓰는 이유입니다.

어떤가요. 선생님이 생각하는 저 〈같은〉 사람의 이야기는 선생님 〈같은〉 사람의 이야기와 얼마나 같고 얼마나 다른가요. 그것이 결국 선생님이 귀 거래소의 규칙에 따라 제 귀를 빌려 가며 노트북과 함께 자신의 검지손가락 두 개를 건네 준 이유라는 걸, 저는 이제 압니다.

8

이제 이 이야기를 해야겠어요.

계절 학기가 끝나고 선생님의 계약은 연장되지 않았지요.

저는 그 후로 가끔 선생님의 이름을 검색해 보았지만 선생님이 쓴 소설이나 책은 찾을 수 없었습니다. 가끔 엄마가 읽는 저 〈같은〉 사람의 이야기를 쓴 책을 보면 혹시 선생님의 이름이 적혀 있을까 살펴보았지만 역시 없었습니다. 그리고 시간이 지나 선생님과 우연히 다시 만났을 때를 저는 기억합니다. 그때 저는 행정 복지 센터의 일자리 사업에 참여하고 있었는데 기초 수급자 중에서도 선별된 이들을 위해 특별히 제공되는 연말 배급 상자를 받기 위해 줄을 서 있는 선생님을 보았던 겁니다. 네, 맞아요. 저는 그때 선생님을 알아보았답니다.

배급품을 나눠 주기로 한 시간까지는 아직 십여 분이 남아 있었지만 복지 센터 안에는 이미 몇 명의 기초 수급자들이 줄을 서 있었습니다. 선생님 앞에는 보행 보조 기구에 기대어 서 있는 허리가 구십 도로 굽은 할머니 한 분이 있었고 선생님 뒤로도 서너 명이 서성이고 있었지요. 날이 갑자기 추워져서인지 아직 얇은 가을 옷을 입은 사람들과 급하게 겨울 패딩을 꺼내 입은 사람들이 섞여 있었습니다. 선생님은 얇은 가을 옷을 입은 사람에 속해 있었고 저는 고개를 푹 숙인 채 어쩐지 안절부절못하는 선생님이 추워 보인다고 생각했습니다. 그래서 빨리 나눠 주고 싶었지만 그건 제가 결정할 수 있는 게 아니었습니다. 저는 시계를 확인했습니다. 배급품을 나눠 주는 건 2시부터라고 했는데 2시가 되려면 십 분이 더 지나야 했습니다. 선생님 뒤에 서 있던 남자가 혹시 뭘 주는 건지 아니냐고 물었고 선생님은 고개를 숙인 채 모른다고 대답했습니다. 선생님 뒤로 두 명이 더 늘어났고, 등본을 떼고 돌아가던 사람이 무슨 줄이냐고 묻고는, 기초 수급자 줄이라고 하자 서 있는 사람들을 한번 훑어보고는 나갔습니다. 줄을 선 사람들은 곧 2시가 되는데 미적거리지 말고 빨리 나눠 주라고 한마디씩 하기 시작했고, 저는 시계만 바라보고 있었습니다. 그때 배급품을 확인하러 갔던 복지과 주사님이 아주 곤란한 표정으로 오늘 배급받을 사람들의 명단을 가지고 들어왔습니다. 그리고는 그 사이 빠르게 늘어난 열댓 명의 대기자들 모두가 기초 수급자이자 연락을 받고 온 사람들이라는 걸 확인했습니다. 주사님은 매우 미안한 목소리로 한 명 한 명에게 이렇게 부탁했습니다. 착오가 생겨서 오늘 배급 가능한 물품보다 다섯 명에게 더 연락이 갔다고 했습니다. 그러니 정말 미안하지만 당장 급하지 않다면 다음에 배급품이 수급되는 대로 다시 연락할 테니 오늘은 그냥 돌아가 줄 수 있는지, 빈손으로 돌아갈 지원자를 찾았습니다. 아직 오지 못한 분 중에 몸이 불편해 재방문이 어렵거나 더 곤궁한 분들이 있을 수 있다고요. 그러자 사람들이 웅성거리기 시작했습니다. 배급품이 어떤 건지 묻기도 했습니다. 주사님은 햇반과 참치 캔, 라면과 핫 팩과 창문 단열 시트지 같은 거라고, 그렇게 대단한 건 아니라고도 덧붙였고, 그러자 사람들은 더 화가 났습니다. 그렇게 대단치도 않은 거 가지고 이 추운 날 사람을 오라 가라 하느냐, 기초 수급자라고 우습게 보는 거 아니냐, 너희들이 실수한 거니 이미 여기 온 사람들은 다 주고 그 대단치도 않은 거 그사이에 사비로 마련해서라도 앞으로 올 사람에게 주면 되지 않느냐고 했습니다. 순순히 말 들으면 안 된다고, 사람을 우습게 아는 거 아니냐고, 아무도 이탈하지 말고 우리 권리는 꼭 챙겨 가자고 한 남자가 말했고, 대부분은 딱히 반발심이 있어서가 아니라 그냥 그 대단치 않은 거라도 꼭 받아 가고 싶어서, 묵묵히 그 자리에 서서 정해진 순서대로 배급품을 받으려고 차례를 기다렸습니다. 저는 선생님을 보았습니다. 선생님은 계속 고개를 숙인 채 그 자리에 그대로 있었습니다.

제가 이전에 본 선생님은 무언가를 기다릴 때면 대부분 휴대폰을 꺼내 보고 있었는데 그때는 휴대폰도 보고 있지 않았습니다. 나중에 선생님은 자신이 무언가를 숨겨야 한다고 생각했다고 했습니다. 예를 들면 최신 기종은 아니지만 보급형이 아닌 휴대폰 같은 것을 사용하는 사람이라는 걸 들키지 않아야 한다고. 어쩌면 선생님이 추워 보이는 옷을 입고 온 것도 그래서였을까요. 선생님은 아주 추워 보였고 그래서 빨리 그 자리를 벗어나고 싶은 것처럼 보였습니다. 하지만 벗어나고 싶은 건 아주 허약한 마음뿐, 진짜 벗어날 의지는 없는 사람처럼 말입니다. 저는 그 차이를 알아요. 자신이 속하고 싶지 않은 줄에서 벗어나고 싶은 마음만 가득한 사람과 진짜 벗어나 그 자리가 더 간절한 사람에게 넘겨줄 줄 아는 사람의 차이 말이에요. 저처럼, 누군가가 〈베풀어 주는〉 자리에 오래 있다 보면 제 앞에서 그런 갈등을 하는 사람들을 원치 않아도 종종 보게 되기 때문입니다. 맞아요 선생님. 놀랍지만, 그런 사람들이 많답니다. 선생님처럼 갈등하지만 갈등한 채로 그 상황에 머물기로 결정하는 사람들. 자신이 가진 작은 이권을 포기할 생각 없는 사람들. 어쩌면 더 절실한 이에게 갔어야 할 이득을 갈취하는 건지도 모른다고 생각하지만 더 가진 자들을 떠올리며 그에 비하면 자신 역시 못 가진 자에 속하는 게 맞다고, 더 못 가진 자의 몫을 빼앗는 뻔뻔함이 아니라 정당하게 내 몫을 챙겨 가는 현명함이라고 합리화하는 사람들. 맞아요. 선생님은 잘못한 게 없어요. 법을 어긴 것도 아니고, 기초 수급자들의 줄에 서기 위해 거짓으로 서류를 꾸민 것도 아니잖아요. 네. 언젠가 경계성 지적 장애인은 장애인 등록이 되지 않아 필요한 복지 혜택도 받지 못한다는 것에 안타까워하던 선생님의 목소리는 기억합니다만 그것과 이것은 별개의 문제니까요. 선생님이 제 몫을 가로챈 것은 아니니까요. 어쩌면 선생님 같은 사람들 때문에, 저 같은 사람들에게 언젠가 돌아올지도 모를 복지 혜택의 줄이 더 길어졌다고 생각을 안 한 것은 아니지만요. 누구나 자신이 가지지 못한 것이 가장 아쉬운 법이겠지요. 그러다가도 왜 늘 우리는 가진 것 없는 우리끼리 미안해하고 죄책감을 가지고 원망을 하는 걸까 생각하면 또 슬퍼집니다. 마음까지 가난해지지는 말자던 이야기를 했던 게 선생님이었던가요. 그때 선생님 마음은 얼마나 춥고 가난했던가요.

그날, 명단에 있는 것은 선생님의 이름이 아니었습니다. 선생님 자매의 이름이었지요. 선생님은 명단에 대리인 서명을 하고, 배급품을 받기 위해 처음으로 고개를 들었지요. 그리고는 배급품을 건네주는 저와 눈이 마주쳤습니다. 그때 저는 마스크를 쓰고 있어서 선생님도 저를 알아보았는지는 확신하지 못했습니다. 하지만 저는 언젠가 퇴근길에 저를 데리러 온 엄마의 차를 보고는, 저 차예요? 하던 선생님의 목소리와 눈빛을 떠올렸습니다. 그건 좀 이상한 순간이었어요. 뭐랄까, 베푸는 사람과 받는 사람에게는 일관되고 일방적인 주고받

음의 관계가 형성되어야 마땅한데, 그 우월성이 어긋났음을 깨달았을 때 오는 작은, 자신의 시혜적 태도에 대한 내면의 야유나 조롱 같은 게 느껴졌거든요. 그 후로 선생님과 제 사이에 껄끄러운 거리감이 생겼다는 건 저의 착각이었을까요. 그날 저는 선생님이 가져온 바퀴가 달린 장바구니에 배급 상자를 넣어 주었고, 선생님은 작은 소리로 감사합니다, 하고는 그것을 끌고 돌아섰습니다. 그것이 우리의 두 번째 만남이었습니다.

9

그리고 우리는 이 아트 센터에서 다시 만나게 되었지요. 선생님은 질병 휴직으로 자리를 비운 행사 담당 선생님 자리에 임시 계약직으로 들어와 전시장 관람 안내나 행사 기획 보조 같은 일을 했고 저는 전시장 지킴이로 그 〈개꿀〉이라 불리는 일을 하고 있었습니다. 저와 처음 마주쳤을 때 선생님 눈에 깃든 반가움과 당혹감을 저는 둘 다 기억합니다.

우리는 업무 공간이 달라 부딪칠 일이 많지 않았습니다. 그래도 마주치면 가벼운 안부를 나누곤 했고, 가끔 다른 직원들이 선생님께 불평하는 소리를 듣기도 했습니다.

서 선생님은 수경 씨하고 친하니까 알 거 아니에요.

아니, 친한 건 아니고요.

그래요? 어쨌든 우리보다는 친해 보이던데. 여하튼 혜택을 준 건데 우리도 사정을 알면 도움이 될 거 같아서. 관장님이야 사회적 약자 배려 차원에서 좋은 일 한다고 일자리 하나 주면 그만이지만 예산도 없어서 실무 인원은 줄이면서 그러니까 문제죠. 결국 우리가 한 사람 몫의 일을 나눠서 더 해야 하는 건데. 그거 알아요? 수경 씨나 서 선생님이나 똑같이 최저 임금 받는 거? 그런 거 생각하면 억울한 게 마땅하잖아요. 우리한테 남은 업무 죄다 떠넘길 거면 불편 수당을 주거나 최소한 인력 보충은 해주고 해야지.

네. 그런 말은 괜찮았습니다. 그 불합리함은 제 탓이 아니니까요. 그 말의 독성은 저를 향한 게 아니기에 제가 아파하지 않아도 될 말까지 귀에 묻어 두고 아파하지 않기로 저는 저와 약속했으니까요. 하지만 엄마에 대한 이야기는 자꾸만 귀에 남았습니다.

수경 씨 엄마 말이에요, 전혀 미안한 기색이 없어요. 지난번에 한번 소동이 있어서 일찍 데려가라고 전화를 했는데, 미안하다는 말 한 마디를 하지 않더라고요. 힘든 건 알겠는데, 그래도 미안하다는 말 한 마디 하는 게 그렇게 어려운가요. 좀 부족한 자식 맡기려면 미안한 티라도 낼 텐데 그런 게 조금도 없더라니까요. 뭐가 그리 당당한지.

  네. 엄마는 저에 대해 더 이상 남들에게 미안해하지 않기로 자신과 약속했습니다. 개소리에 개소리로 반응했을 때 그것이 성질 나쁜 두 사람의 동등한 개싸움이 아니라 일방적인 한 사람의 소동이 되는 것에 대해 사과할 이유는 없다고요. 처음에는 그것이 저와 살며 엄마가 할 수 있는 사과의 말을 이미 다 소진해서라고 생각했습니다. 엄마가 저와 지치지 않고 살아가기 위해 취하게 된 궁여지책의 태도라고요. 하지만 아니었습니다. 엄마는 저의 존재가, 제가 끼치는 어떤 불편함이 미안해해야 할 일이 아니라고 했습니다. 세상에는 다양한 사람이 있고 각각의 무게와 부피가 다르고 정량이라고 느끼는 1인분의 밥의 양이 다르듯이, 다른 다종의 사람이 어울려 사는 게 당연하다고 말했습니다. 어떤 불편함이 없는 게 보통이고 정상의 상태라는 것이 잘못된 생각이고, 나도 누군가에게 불편을 끼치듯 누군가의 불편을 감내하며 사는 게 보통이고 기본인 게 우리가 사는 세상이라고요. 남들보다 감정 조절이 안 되는 상사를 만나거나, 방구 냄새가 특별히 독한 동료와 일하거나, 먹을 때 쩝쩝거리는 후배와 식사를 해야 하는 것처럼, 저와 일하는 사람들 역시 저의 고유한 성질을 고유하게 받아들이면 된다고요. 우리가 그들과 어울려 일하기 위해 애써 노력하고 적응하듯 그들도 저와 같이 경계에 있는 사람들과 함께 일하고 살아가는 데 적응하기까지 노력해야 하는 게 당연하다고요. 그래서 엄마는 제가 한 실수나 그릇된 행동에 대해서라면 사과할 수 있어도 저의 존재함이나 조금 다른 소통 양식에 대해서는 사과하지 않겠다는 원칙을 세우고 그 약속을 지키기 위해 최선을 다했던 것이지요. 제가 실직을 하면 또 다른 일자리를 찾아 주며, 저의 존재 방식을 세상이 자연스럽게 받아들이기를 애써 기다리면서요. 그 시간은 저의 시간이기도 하지만 저와 같은 줄에 서 있는 저 같은 사람들의 시간이 되기도 한다면서요. 그것이 옳은지, 저는 모릅니다. 누군가에게는 틀린 답이기도 할 테지요. 다만 저는 엄마가 그런 자신의 태도를 취하기까지, 그리고 그것을 유지하기 위해 자신과 얼마나 많은 약속과 맹세를 해가며 그런 의지가 바뀌어 나가는 지점도 있다는 걸 세상에 강변하고 있는지를 알 뿐입니다.

저는 그때, 선생님이 저의 입장을 변호하거나 엄마를 옹호하는 발언을 하지 않을까 생각했습니다만, 아니 기대해서가 아니라 그저 그러지 않을까 생각했다는 말입니다, 그러나 그런 일은 일어나지 않았습니다. 그리고 선생님은 아무도 없는 줄 알았던 탈의실 안쪽에서 나오는 저를 보았고요, 또다시 귀를 붉혔습니다. 이상하지요, 저는 그때 생각했습니다. 이제 선생님과 귀를 거래할 시간이 왔다고요.

10

 이곳에서는 매달 마지막 주 수요일, 문화의 날 저녁마다 무료로 오래된 고전 영화를 상영합니다. 퇴근 시간 이후라서 한 번도 보러 간 적 없는데, 선생님이 좋아하는 영화라는 말에 그날은 저도 영화를 보기 위해 남았습니다. 페데리코 펠리니 감독의 「길」이라는 영화였는데요, 저는 금세 지루해지고 말았습니다. 좋은 영화라는 건 상영 전에 충분히 들어 알고 있었지만, 흑백 화면이라서인지 집중할 수가 없었고 자꾸 하품이 나왔습니다. 저는 영화를 보는 사람들의 둥글고 검은 뒤통수를 보기 시작했습니다. 모두 스크린에 집중한 것 같았고, 저 외에는 저 영화가 왜 명작인지 다들 이해하며 재미있게 보는 것 같았습니다. 저는 비슷비슷한 뒤통수 중에서 선생님의 뒤통수를 찾았습니다. 좋아하는 영화를 보는 선생님의 뒤통수를 통해 보는 영화의 어떤 장면은 꽤 재미있게 느껴지기도 했습니다. 모두가 왜 좋은지 이해하며 영화를 보는데 저만 이해를 못 한다고 생각하면 외로워지기도 했지만요, 남들이 좋아하는 것을 같이 좋아해 보고 싶다고 생각하며 졸음을 참고 앉아 있는 이 시간이 그저 좋기도 했습니다. 다른 사람들은 대체로 옳으니까 남들이 좋다는 것을 좋아하려고 애쓰다 보면, 그러다가 실패한다고 해도 그런 마음을 품은 것만으로도 이미 저는 어떤 좋아함의 세계에 다가가게 된 것 같았거든요. 그러다가 저는 선생님의 뒤통수가 툭, 오른쪽 어깨로 기울어지는 것을 보았는데요, 피곤한 저녁에 좋아하는 영화를 거듭 좋아하기 위해 보러 왔다가 졸음을 견디지 못하고 꾸벅 조는, 그 모습이요, 선생님. 이상하게 그 후로는 영화에 진짜로 몰입하게 되었습니다. 그리고 이렇게 슬픈 영화를 좋아하는 사람이 많다니 좋은 것과 슬픈 건 어쩌면 조금은 같은 감정인지도 모르겠다는 생각을 했지요.

영화가 끝나고 밖으로 나왔을 때는 들어갈 때와는 전혀 다른 풍경이 기다리고 있었습니다. 그사이 내린 폭설로 온 세상이 흰 눈으로 덮여 있었거든요. 엄마에게 전화가 왔습니다. 눈이 내려서 조금 늦을 것 같으니 추운데 바깥에 있지 말고 안에서 기다리라는 전화였습니다. 그러나 센터의 불은 이미 다 꺼진 후라 출입증도 없는 저는 그저 문 앞에서 엄마가 오기를 기다렸지요. 막 계단을 내려가던 선생님이 제가 우두커니 서 있는 것을 보고 다시 올라와 물었습니다.

왜 안 가요?

아직.

아, 어머니가 아직 안 오셨구나?

네.

선생님은 망설이더니 다시 물었습니다.

같이 기다려 줄까요?

그 말을 이해하기 위해서는 시간이 필요했습니다. 출입증이 없기는 선생님도 마찬가지였습니다. 문밖에 같이 있다고 해서 추위가 사라지거나 기다리는 시간이 짧아지거나 엄마가 더 빨리 온다거나, 바뀌는 건 아무것도 없는데 같이 기다려 준다는 게 어떤 건지 잘 이해가 되지 않았습니다. 저는 그 문장을 하나씩 해체해 보았습니다. 같이 + 기다림을 + 준다. 선생님이 제게 주는 건 뭘까요. 기다림일까요, 같이일까요. 저는 여전히 말귀가 어두워 그 말이 의미하는 바를 명확하게 알아차릴 수 없었습니다. 그러나 언제나 다른 사람의 판단은 옳고 나는 종종 틀리니까요. 저는 고개를 끄덕였고 선생님은 제 곁에 서서 가만히 눈 내리는 풍경을 응시했습니다.

저것 좀 봐요. 눈사람이네.

잠시 후, 선생님이 말했습니다. 그래서 보니 계단 난간 위에 누군가 만들어 놓은 작은 눈사람이 덩그러니 놓여 있었습니다.

생각해 보면, 웃기지 않아요.

선생님이 혼잣말처럼 중얼거렸습니다.

동그랗게 뭉친 두 개의 눈덩이일 뿐인데 당연하게 눈사람이라고 부른다는 게.

그렇게 말하며 선생님은 그쪽으로 다가가 맨손으로 눈을 뭉쳐 다시 두 개의 동그란 눈덩이를 만들어 눈사람 옆에 눈사람 친구 하나를 더 만들어 주었습니다. 그렇게 이름 붙이는 사람의 마음은 참 자기애적이지 않나, 그래서 귀엽지 않나, 하면서요. 사람이라는 이름이, 한 사람의 몫이나 사람의 질량이라는 게, 어쩌면 그렇게 무거운 것만은 아닐지도 모른다고요. 선생님이 계속해서 무슨 말인가를 했지만, 저는 너무 찬바람에 귀가 꽁꽁 얼 것만 같아 장갑 낀 손으로 두 귀를 감싸느라 어떤 말은 듣고 어떤 말은 놓쳤습니다. 잠시 후 선생님이 그런 저를 돌아보고는 웃으며 물었습니다.

수경 씨도 귀엽네요?

네?

수경 씨도 눈사람처럼 귀 없다고요.

저는 선생님이 가리키는 눈사람을 보았습니다. 선생님의 말처럼, 눈사람은 귀가 없었습니다. 그러고 보니 눈사람을 만들 때 나뭇가지와 단추 같은 걸 이용해서 눈 코 입은 종종 만들어도 귀를 만드는 경우는 별로 본 적 없다는 게 떠올랐습니다. 눈 고양이나 눈 토끼를 만들 때는 귀가 확실한 존재감을 가지고 그 정체성을 드러내 주는 것과는 달리 말이지요. 귀가 없어도 사람이라 불리는 눈사람에 대해 생각하니 왜인지는 모르지만 마음이 눈처럼 고요하게 가라앉았습니다. 눈이 내릴 때면 왜 주위가 고요하게 느껴지는 걸까요. 그건 눈이 모든 잡음을 함께 뭉쳐 내리도록 해서 그런 것 아닐까요. 소복소복 내린 소리로 뭉친 눈사람은 그래서 따로 귀가 없어도 온갖 소리를 품고도 고요한 채 눈으로 만든 사람이 될 수 있는 건지도 모르겠습니다. 그리고 그 고요함에는 어떤 물기 어린 온기가 있다는 생각도 했습니다. 슬픈 영화를 보며 좋다고 느끼는 마음과 그것은 닮았는지도 모르겠다고요. 네, 귀를 막고서야 저는 제 안의 소리들을 좀 더 귀 기울여 듣게 되었던 거겠죠. 잠시 후, 귀보다 손이 더 시려진 제가 귀에서 손을 떼어 주머니에 넣자 선생님이 저를 보더니 우리, 음악 들을까요? 하고 물었습니다. 저는 고개를 끄덕였고요, 선생님의 휴대폰에서 음악이 흘러나왔습니다. 좋지요? 해서 저는 좋아요, 했습니다. 그러자 선생님이 이 노래 수경 씨 휴대폰에서도 들을 수 있게 선물해 줄까요? 해서 저는 또 고개를 끄덕였지요.

그 곡을 두 번째 들을 즈음에 엄마의 차가 주차장으로 들어왔습니다. 엄마는 제 곁에 서 있는 선생님을 보고 지하철역까지 태워다 주겠다고 했지만 선생님은 눈을 맞으며 조금 걷고 싶다고 거절했지요. 저는 엄마의 옆자리에 앉아 뒤에 남겨진 어둠 속에서 선생님이 고개를 젖혀 입을 벌리고 내리는 눈을 맛보는 모습을 보며 선생님이 저장해 준 음악을 재생했습니다.

시아의「스노맨」이구나. 엄마도 이 노래 좋아해.

시아의「스노맨」. 저는 그 노래 제목을 그때 처음 알게 됩니다. 제가 연속해서 노래를 틀자 엄마가 물었습니다.

노래 좋지? 가사, 무슨 뜻인지 알려 줄까?

저는 고개를 저었습니다. 가사의 의미를 몰라도, 저는 이미 그 노래를 좋아하게 되었으니까 몰라도 괜찮았습니다. 아니 사실 저는 그 노래의 가사를 이미 알고 있었습니다. 그것은 처음부터 끝까지, 이런 내용이었습니다.

같이, 기다려 줄까요?

11

그날 저는 습관처럼 텍스트 변환 앱을 켜놓고 있었습니다. 선생님의 말은 중간중간 끊겨 있지만, 어떤 말들은 제 앱에 그대로 기록되어 있습니다.

 선생님을 다시 만난 후, 저는 왜 저 〈같은〉 사람의 이야기를 쓰지 않느냐고 물은 적이 있습니다. 그때 선생님은 아무 말도 하지 않았습니다. 제 귀를 빌려드릴까요? 제가 물어도 애매하게 웃고 말 뿐이었죠. 저는 제 앱에 기록된 띄엄띄엄한 문장들을 따라 읽어 봅니다. 충분히. 옳지 않아. 나는. 마땅하게, 배급 상자. 불신. 멸시. 그 말들을 보며 저는 제 귀와 교환한 선생님의 검지손가락 두 개로 이런 문장을 만들어 봅니다.

 그날 선생님은 집에 가서 자매와 함께 배급 상자를 풀며 말했지요. 다음에 또 이런 연락이 오면 이건 더 어려운 사람에게 주라고 하자. 그러자 선생님의 자매는 말했습니다. 왜? 나도 이런 거 좋아해. 필요해. 우리가 안 가진다고 더 어려운 사람한테 간다는 보장이 있어?

 맞아요. 선생님이 그때 줄에서 빠져나오지 못했던 건 그런 생각 때문이었습니다. 내가 양보한다고 해서, 이 양보와 희생이 정당하게 쓰인다는 보장이 있나. 그것은 불신에 대한 것이었지만, 그러나 선생님은 자신이 가족을 온전히 부양하지 못하고 망설이고 망설이다가 자매가 기초 수급자가 되어 혜택을 받을 수 있도록 도운 것에 대해서는, 자신의 무능력에 대해 죄책감과 부끄러움을 느끼다가 또 이렇게 생각했던 겁니다. 어차피 공정하게 서류 심사를 통해 해당되니까 받는 건데, 내게 자매가 정당하게 받을 수 있는 복지 혜택을 빼앗을 권리가 있나. 네, 혜택을 받을 때는 공정성을 믿고 양보해야 하는 순간에는 불신을 앞세우는 그 이중성에 대해서, 그 충분히 옳음을 좇지 못하는 나약함과 비겁함에 대해서, 선생님은 말했습니다. 더 고귀한 것을 추구하는 대신 생계에 대한 고민이 앞서는, 어디에서나 줄에서 밀려나고 싶지 않아 편협한 말에 동조하고 반박의 말을 삼키는, 그 때문에 누구에게나 말을 잘 들어주고 포용력 있는 동료라는 평을 듣는 것에 대해서요. 귀가 있지만 귀가 없는 사람으로 사는 일에 대해서요.

네, 선생님은 마땅하지 않습니다. 어떤 옳은 것을 정의롭게 이야기하기에는 너무 비겁하죠. 그런데 그래서, 저는 궁금해진 겁니다. 선생님이 쓰는 저 〈같은〉 이야기가 아니라 선생님이 쓰는 선생님 〈같은〉 사람의 이야기가요. 줄에 선 채 줄에 선 사람들의 목소리를 가장 가까이에서 들으며 그 완전히 옳지도 완전히 그르지도 않은 경계에서 서성이는 사람의 이야기 말이에요. 옳고 그름 안에서, 해야 하는 것과 하지 않음 사이에서, 말하지 않는 것과 말하는 것 사이에서, 듣지 말아야 할 것과 들어야 할 것 사이에서, 수탈과 착취당함 사이에서 선생님은 경계선상에서 늘 혼란을 겪고 그것이 제가 가진 경계의 혼란들과 다르지 않다고 느낀다면 저는 또 틀린 걸지도 모르지만요. 어쩌면 그래서 저의 귀와 선생님의 손가락이 각각의 신체와 더 저항 없이 접합해 잘 감응할 수 있었던 것 아닐까요. 개소리를 재놓은 제 귀의 꿀단지에 선생님의 비겁하고 나약한 두 손가락을 푹 적신 후에야, 우리는 어쩌면 비로소 우리 〈같은〉 이야기를 같이 써나갈 수 있을지도 모릅니다. 옳지도 그르지도 않은, 그저 경계에서 귀를 붉히며 배워 나가는 이야기를요.

느끼하고, 미끈거리고, 비리고 역겨운 소리들.

네, 이것은 선생님의 손가락이 한 말. 이제 선생님의 손가락은 토할 것 같다고 쓰네요. 몸에 쓴 약이 입에 달다는 말, 개소리를 지껄이고는 피가 되고 살이 되는 말이니 새겨들으라는 말, 남의 상처가 만들어 낸 고름에 손가락을 집어넣어 그걸 꿀인 양 빨아먹는 말들이 날뛰는 글에서 나는 비린내에 질식할 것만 같다고요. 글에 입이 있어 목구멍 깊숙이 두 손가락을 집어넣을 수 있다면 집어넣고는 이 비린 말들을 다 토해 버리고 싶다고요. 두 손가락은 그렇게 쓰일 때 비로소 가장 가치 있게 될 거라고요. 그런가요. 저는 두 손가락을 목구멍 깊숙이 넣고, 그 비린 것들을 다시 꾹꾹 눌러 묻어 둡니다. 그리고 다시 제 귀의 꿀단지에 손가락을 묻었다가 꺼내어 이렇게 씁니다.

  저는 선생님이 했던 말들이 적힌 텍스트 앱을 요즘도 가끔 꺼내 보곤 합니다. 그 안에는 꿀에 잰 호두 정과 같은 말들로 가득합니다. 저는 여전히 그 고소하고 달콤한 말들을 면역에 좋은 건강식품을 먹듯 꿀에 잘 묻어 두었다가 하나씩 꺼내어 꼭꼭 씹어 먹곤 합니다. 충분히 옳지 못해 묻어만 둔 말들, 마땅하지 못해 묻기를 포기한 질문들, 잘못된 방향을 가리킬까 봐 접어 버린 손가락의 말들……. 저는 그 말들이 절대로 꿀 바른 거짓말이라고 생각하지 않습니다. 지키지 못한 달콤한 약속들이 없다면, 지키지 못한 달콤한 약속들에 대해 부끄러워하는 말들도 필요 없었겠지요. 제 귀의 꿀단지는 그런 쓰디쓴 허약한 말들, 마땅치 않아도 꺼내 놓고야마는 수치스런 말의 뼈들을 묻고는 점점 더 깊고 달아집니다, 라고요.

12

  산책이 저의 일입니다. 정해진 루틴은 있지만 매번 그대로 재연해야만 하는 것은 아니고 전시장을 산책하며 마주치는 모든 것을 제 몸을 이용해 새롭고 놀랍고 즐겁게 감상하는 것이 저의 일입니다. 저는 제가 하는 일이 어떤 의미인지 모릅니다. 관람객들이 아트 센터에 와서 훌륭한 예술가들의 위대

한 예술 작품을 관람하는 사이 그 흐름을 다소 방해하거나 관람을 불편하게 만드는 저를 보며 어떤 감정을 느낄지도 알지 못합니다. 다만, 산책이 저의 일이라는 걸 알게 되면, 관람객들이 종종 이렇게 중얼거리는 걸 듣곤 합니다. 개꿀이네. 그리고 저는, 그게 저의 역할이라는 걸 알게 됩니다. 세상에는 어떤 〈개꿀〉이 실제로 존재한다는 것을 보여 주는 일. 잘나고 넘치고 충분해서가 아니라 부족하고 모자라고 결핍되어 누군가에게는 개꿀인 채 살아가는 사람이 있고, 이 세계는 그런 개꿀이 함께하도록 허용되는 세계여야 한다는 것 말입니다. 쓸모의 채움보다 쓸모의 비움으로 만들어진 아트 센터의 산책길을 돌고 돌며 배제나 혐오의 효용 대신 관용이나 배려의 여백을 증명하는 것으로요. 그것이 귀 없는 사람들을 향해 귀엽다고 중얼거리는 말장난이 통용되는 세계에 제가 속하는 길이라는 걸요.

선생님과 귀를 거래하기로 결심한 후, 저는 그날부터 제 귀를 달고 단단하고 아름다운 소리로 채우려고 노력했습니다. 제 귀에 고인 나쁜 말들, 특히 제가 저에게 한 나쁜 말들이 귀에 남아 선생님께 흘러가기를 원하지 않았습니다. 눈이 내리는 날이면 귀가 꽁꽁 얼도록 눈을 맞으며 눈이 내리는 먹먹한 고요를 귀에 담기도 했습니다. 유튜브에서 아름다운 소리를 찾아 가보지 못한 먼 나라를 떠돌기도 했습니다. 아름다운 소리를 찾을수록, 진짜 아름다운 소리가 무언지 몰라 저는 혼란스러워졌습니다. 그러다 저는, 제 귀에 묻어 둔 선생님의 목소리를 다시 꺼내 들었고, 그것을 가만가만 따라 하는 동안 알게 되었습니다.

저는 제 귀의 꿀단지 속에 오래 숨겨 둔 선생님의 목소리를 선생님이 다시 듣기를 바랍니다. 괜찮아요? 감기 조심해요. 점심 맛있게 먹어요. 집에 가서 푹 쉬어요. 따뜻한 차를 마시면 도움이 될 텐데. 이 영화 수경 씨도 좋아할 거 같은데. 좋아하는 음악이에요. 같이 들을래요? 그런 별것 아닌 안녕을 말하는 인사들 말입니다. 제 귀에 묻어 둔 그 꿀을 부디 살뜰히 빨아 드세요.

다문화 센터를 그만둘 때, 선생님은 혹시 필요할지 몰라서, 라며 제게 한국어 초급 활용 수업에서 사용하던 교재를 주었습니다. 저는 가끔 그것을 넘겨 봅니다. 처음 만났을 때, 사과할 때, 축하할 때, 앙리와 티빈은 이런 대화를 나눕니다. 안녕하세요. 네, 안녕하세요. 미안해요. 아니에요, 괜찮아요. 축하해요. 고마워요.

안녕하세요, 라고 인사할 때 사실은 안녕하지 않은 이야기를 하지 않고 미안하다고 사과할 때 사과를 거부하지 않는 것이 서로 다른 언어 세계에서 살아온 사람들이 나눌 수 있는 대화의 기본이라고, 저는 익힙니다. 아마드와 유키와 왕정림은 교실에서, 영화관에서, 마트에서, 이런 대화를 나누기도 합니다. 날이 많이 춥죠? 네, 춥네요. 영화를 좋아하세요? 네, 좋아합니다. 무얼 사요? 사과를 사요. 아마드는 추위를 많이 타고 유키는 영화를 좋아하고 왕정림은 사과를 좋아합니다. 저는 짧은 대화 안에서 그들을 조금은 알게 됩니다. 다음 장에는 연습 문제도 있어서 저는 빈칸을 채워 대화를 완성해 보기도 합니다.

(네. 괜찮아요.)
(네. 좋아해요.)
(네. 좋아요.)

 질문은 달라도 답변은 매번 비슷합니다. 대화를 연습하다 보면 저는 좋은 것이 아주 많은 사람이라는 걸 알게 됩니다. 그래야 해서 그렇게 합니다. 좋다와 괜찮다 외의 답이 가능한지, 그렇게 대답해도 그것이 틀린 답이 아니라 맞는 답이 될 수 있는지, 저는 아직 모릅니다. 아마도 아닐 거라고 생각합니다. 제가 수용과 인정의 정답을 말하지 않으면 저는 틀린 답을 말하는 사람이 아니라 틀린 사람이 되는 경험을 여러 번 했으니까요. 그래서 제 귀는 어떤 질문도 달게 만드는 꿀 먹은 귀가 됩니다. 제 귀 무덤의 꿀단지에는 꿀이 마르지 않고요. 그래야 하니까 그렇게 합니다. 그것이 저 같은 사람에게 경계를 만들어 내는 선생님 같은 사람들을 덜 거북하게 하는 일이라서 그렇게 합니다.

어떤 쓴소리도 꿀에 재면 몸에 좋고 맛도 좋은 말이 된다고 엄마는 제게 귓속말을 하며 컹컹, 코 먹는 소리로 웃곤 했습니다. 이런 개소리를 믿고 살면 사는 게 조금은 편해질 거라면서요. 저는 엄마의 개 짖는 소리도 제 귀의 꿀단지에 푹 담가 두었습니다. 그러면 울음소리도 웃음소리와 다르지 않게 되고, 바깥의 어둠과 외로움을 먹고 자란 제 내면의 충직한 개 나무 역시 유독한 말들의 침입에 컹컹 짖는 대신 꿀 먹은 개가 되어 꿀잠을 자고 말지요.

저는 제 귀의 속삭임이 고통과 상처, 모멸이나 외면의 언어이기를 원하지 않습니다. 이해받기를 원하지도 않고요. 이해하기 위해 애쓰다가 경계를 넓히고 결국은 불편해하다 멀어지는 사람들을 저는 기억합니다. 저는 차라리 오해받기를 원합니다. 제게 개꿀이네, 라고 중얼거리는 사람들의 말처럼 선생님이 듣는 제 귀의 이야기가 그렇게 꿀처럼 달기를 바랍니다. 마땅히 힘겹고 마땅히 안타까운 이야기가 아니라요, 상처를 후벼 파는 고통의 말이 아니라요, 그래야만 경계를 지우고 다가서는 마음에 대해 저는 조금은 압니다. 귀가 없는 사람을 귀엽다 하는 마음, 충분히 이해하지 않아야만 마땅히 사랑할 수 있는 마음에 대해서도요. 그게 제가 꿀 수 있고 제 귀가 선생님께 들려줄 수 있는 최선의 개꿀입니다.

저는 여전히 모릅니다. 선생님이 제 귀를 통해 듣고 싶었던 건, 선생님의 손가락을 건네며 제가 쓰기를 원했던 건 무엇이었을까요. 다만 저는 여전히 알고 싶은 겁니다. 충분히 이해하지 않고 마땅히 사랑하는 게 가능한가 하고요. 제가 이해하지 못한 채 영화 「길」을 좋아하게 되었듯이 제가 충분히 이해받지 않아도 마땅하게 사랑받는 존재일 수 있는가 하고요. 그 영화에서 젤소미나는 등을 보이고 누운 잠파노에게 묻습니다. 내가, 조금은 좋죠? 제가 궁금한 것도 단지 그것뿐입니다. 세상과 저 사이에 놓인 높고 낮은 방지턱들에 덜컹이며 제가 맞이하는 낯섦과 두려움, 개소리에 개 짖는 소리로 맞서던 그 모든 것이 사실은, 늘 이런 질문을 품고 긍정의 답을 듣고 싶어서라고 생각하면 저는 조금 슬퍼집니다. 언젠가 그 질문의 물음표가 귓속의 방지턱에 닿아 떨어져 나가고 마침표로만 남기를 바라며, 저는 제 귀의 꿀단지에 그 질문을 푹 묻어 둔 채 선생님께 건네었답니다. 어떤가요. 그 꿀은 충분히 달콤하던가요. 같이, 기다려 줄까요? 언젠가 때가 되면,

13

<u>(빈칸을 완성하세요.)</u>

* 수경의 산책은 우메다 데츠야의 퍼포먼스 「물에 관한 산책」(2024)을 모티브로 했다.

방과 후 교실
오한기

영화란 무엇인가? 문학이란 무엇인가? 이런 강좌들처럼 공포란 무엇인가? 수업이 있었다면 어떤 걸 배웠을까. 태초의 두려움을 자극하는 근원적 공포? 일상에서 건져 올린 현실적 공포? 어렸을 땐 전자가 더 무서웠던 것 같고, 지금은 후자인 것 같고…… 아닌가? 모르겠다. 내가 왜 공포 운운하냐면 초등학교 1학년 방과 후 교실의 동화 창작 교사에게 공포 동화를 쓰라는 과제를 받았기 때문이다. 공포 동화 캐릭터와 이야기를 만들어 오라는 과제였다. 아, 내가 아니라 주동 말이다. 주동은 눈에 넣어도 아프지 않은 내 딸이다.

겁이 많으면 외려 무서운 걸 좋아하는 건가. 나를 닮아 유독 겁이 많은 주동은 평소 귀신과 유령 이야기를 좋아했다.

주동은 공포 동화 숙제를 받고 뛸 듯 기뻐했다. 그러나 그것도 잠시였다. 막상 동화를 쓰려고 테이블 앞에 앉으니까 주동은 무섭다고 했다. 이야기를 쓰는 게 무서운 거냐, 아니면 무서운 이야기를 떠올리는 게 무서운 거냐 물어보니까 주동은 자신도 모르겠다는 듯 어깨를 으쓱했다. 그렇게 무서우면 하지 않는 게 어떻겠냐고, 아직 방과 후 교실 환불을 할 수 있다고 하니까 주동은 포기하기 싫다고 징징거렸다. 내게는 존재하지 않는 승부욕. 진진에게서 물려받은 듯했다. 나는 그럼 어떻게 할 거냐고 하니 아빠가 도와 달라고 했다.

아빠가?

내가 되물었다. 주동은 고개를 끄덕였다. 당연하다는 듯.

아빠 작가잖아.

주동이 덧붙였다.

작가는 맞지. 그런데 이건 네 숙제잖아?

선생님한테 물어보니까 부모님이랑 같이해도 된다는데?

주동이 거절할 수 없는 사랑스러운 눈으로 나를 바라봤다. 이거 어쩌나 마감이 많아서 안 되겠는데요, 허리 디스크가 재발돼서 책상에 앉을 수가 없어요, 슬럼픈가 요새 소설이 안 써지는데 다음 계절은 어떨까요, 너무 하고 싶은데 집안 사정이 있어서…… 출판사나 문예지에 했던 각종 변명들을 떠올리던 중 진진이 작가 아빠 덕 볼 유일무이한 기횐데, 왜 이렇게 튕기냐고 핀잔을 주었다.

마감도 다 끝났다며? 특별하게 할 일도 없잖아?

진진이 말했다. 맞다. 나는 최근 특별하게 할 일이 없었다. 특별하게 할 일이 없어서 초등학교 1학년짜리 딸과 함께 공포 동화를 쓰는 행위야말로 공포스러운걸……. 으, 숙제가 많다고 했을 때 신청하지 말았어야 했는데.

첫 과제는 캐릭터 만들기였다. 처음부터 난관이었다. 주동은 갈피를 잡지 못했다. 나 역시 살아오면서 공포라는 장르에 관심을 가져 본 적은 딱히 없었다. 그나마 주동이만 할 때는 관심이 있었던 것 같기도 하고. 전설의 고향, 홍콩 할매 귀신, 만득이, 강시, 엑소시스트, 구미호, 판관 포청천…… 그러고 보니 우리나라 내 나이 또래 아이들의 어린 시절과 비슷한 루트를 거쳤던 것 같네. 그런데 왜 판관 포청천은 공포물로 인식하고 있지? 귀신도 벌벌 떨 만한 타입의 판관이라서 그런가? 아니면 그냥 특유의 요괴 같은 화장이 무서워서? 캐릭터를 설명하기 위해 주동과 위에 언급한 캐릭터들에 대해 이야기를 나눴지만 주동은 고개를 가로저었다. 나는 이유를 물었다.

전부 너무 무섭잖아.

주동이 답했다.

그럼 공포 동화에 나오는 캐릭터가 무서워야 되는 거 아니야?

내가 되물었다.

아니, 아빠. 이건 아빠가 쓰는 소설 같은 게 아니야. 동화라고!

주동이 답답한 듯 외쳤다.

그럼? 그럼 어떤 캐릭터여야 하는데?

귀여우면서도 무서운 것.

주동이 말했다.

그 비율이 7 대 3!

주동이 판관 포청천처럼 테이블을 쾅쾅 내리쳤다.

소설은 혼자 외롭게 쓰는 게 맞다. 협업 과정은 지난했다. 주동은 고민 끝에 내가 말한 공포 캐릭터 중 강시를 받아들였다. 생각해 보니 모자를 뒤로 쓰고 콩콩 뛰는 모습이 귀엽다나. 실제로 영상을 찾아서 보여 줄까 했지만, 주동이 겁먹을까 봐 보여 주지 않았다. 그렇게 강시를 모티브로 주동과 귀여우면서도 무서운 캐릭터를 개발하는 동안 부작용이 나타났다. 주동이 언제부턴가 갑작스러운 타이밍에 울기 시작한 것이다. 특별한 이유는 없었다. 밥을 먹다가도, 샤워를 하다가도, 잠에 들려다가도 갑작스럽게 눈물샘이 터졌다.

엄마, 아빠가 죽어서 강시가 되면 어떻게 해?

깜짝 놀라 이유를 물었더니 매번 답은 같았다. 그 뒤로 이 과제를 지속해야 하나 의문이 들었다. 교사에 대한 반감도 동시에 커졌다. 아름답고 교육적이고 감동적인 동화도 많은데, 왜 하필 공포라는 장르를 선택한 걸까. 왜 굳이 아이에게 공포심을 심어 주려고 하는 거지? 그게 초등 교육과 무슨 상관인가? 내가 어느새 꼰대가 된 건가? 내가 이렇게 골치 아프려고 방과 후 교실 동화 수업을 신청한 건가? 그냥 진진 말대로 어린이 논술 학원이나 보낼 걸 그랬네. 몇 번 그만두라고 회유해 봤지만 주동은 고집을 부렸다. 다른 학부모들은 어떻게 생각하는지 궁금했지만 학부모 커뮤니티에 아빠가 속하기 쉽지 않았다. 답답한 마음에 동화 창작 교사의 프로필을 검색해 보니 『공포의 뺄셈』, 『공포의 자연 과학』 같은 초등 교과 과정과 공포를 엮은 작가였고, 비로소 모든 수수께끼가 풀렸다. 비주류 커리어로 밥 먹고 사느라 얼마나 힘들겠어.

그로부터 몇 주 뒤, 동화 창작 교사는 캐릭터를 만드는 데

도움이 될 거라며 과제를 하나 내주었다.

　당신이 가장 무서워하는 것은 무엇인가요?

　가장 무서운 거?
　주동은 고민했다.
　그런 거 없는데…… 진짜 없는데…… 엄마한테 혼난 거? 그래도 그렇게 무섭진 않았는데…… 결국엔 엄마도 나도 같이 울었잖아.
　주동이 인상을 찌푸렸다.
　아빠는 무서운 거 있어?
　글쎄…….
　나도 고민이 됐다. 차이가 있다면, 나는 주동과 달리 무서운 게 많아서 하나 고르기가 힘들었다. 주동이만 할 때 엄마와 탔던 롯데월드 신밧드의 모험? 가위 눌렸을 때 치렁치렁한 장발의 귀신을 본 것? 입대 첫날 밤? 생전 처음 보는 사람들과 떠나는 여행? 좌중 앞에서 말하는 것? 상견례? 주동이 태어나고 처음으로 아팠을 때? 대출 이자를 내야 하는데 원고료가 언제 입금될지 모르는 상황? 이종 교배? 심해어? 유난히 내가 겁이 많은 건가, 모두 이 정도는 무서워하는 건가.

그런데 그중 내가 가장 무서워하는 건 뭐였지? 아무래도…… 돈? 돈? 돈!

아, 생각났다. 무서운 거.

내가 생각에 빠져 있을 때 주동의 목소리가 들렸다.

뭔데?

핸드폰.

주동의 대답은 의외였다.

핸드폰?

내가 되물었다. 아무리 머리를 굴려 봐도 핸드폰과 공포는 도무지 엮이지 않았다. 주동은 친구들은 전부 핸드폰이 있는데 자신은 핸드폰이 없는 상황이라고 힌트를 줬다.

그게 왜 무서운데?

내가 물었다. 주동이 잠깐 생각에 잠겼다. 생각을 정리하는 모양이었다.

너, 핸드폰 사고 싶어서 그러는 거지? 전에 말했잖아. 초등학교 1학년이 핸드폰이 뭐가 필요하냐고. 친구들이 갖고 있다고 너까지 휩쓸려서 살 필요는 없잖아.

내가 선수를 쳤다.

과학적인 통계도 있어. 여기 봐봐. 뇌 과학자가 최대한 늦게 핸드폰을 사주는 게 좋다고 하잖아.

핸드폰 기사를 검색해 보여 주며 쐐기를 박았다.

그게 아니야, 아빠. 봐봐, 2학년이 되면 혼자 학교에 다녀야 하잖아. 계속 아빠가 날 데려다줄 수 없다고. 그런데 핸드폰이 없으면, 납치라도 당하면 어떻게 해? 아빠한테 도와 달라고 전화해야 될 거 아니야.

주동이 설명했다. 그때 떠올랐다. 맞다. 내가 세상에서 가장 두려워하는 것. 주동이 납치당하는 상황. 주동이 이 세상에서 사라지는 것. 이게 내가 가장 무서워하는 것이다. 설득당했네. 언제 핸드폰을 사줘야 할까?

얼마나 힘들었는지 모른다. 우리가 혈연관계가 아니었다면, 그러니까 상대가 내 딸이 아니었으면 진작 손절했을 것이다. 추석 연휴가 지나고 2학기가 중반부에 다다를 무렵 우리는 마침내 캐릭터를 완성했다.

이름: 콩콩이

나이: 8세

학교: 으스스초등학교 1학년

특징: 얼굴의 절반을 차지할 만큼 입이 크다. 어떤 일이 있어도 웃는 표정. 어느 상황에서나 핸드폰을 들여다보고 있어

서 시력이 나쁘다. 답답하다고 안경을 쓰지 않아서 뿌연 시야.

콩콩이는 어디서나 이름처럼 콩콩 뛰어다니는 게 특징이다. 시력이 좋지 않아 다른 사람하고 잘 부딪히는데 그럴 때면 예의 바르게 사과를 한다. 실실 웃는 얼굴로. 그 큰 입으로 입꼬리를 쫙 찢으며 실실. 그러고 보면 콩콩이는 매 순간 웃는다. 웃겨도 웃고, 슬퍼도 웃고, 잔인해도 웃고, 지루해도 웃고, 밥 먹을 때도 잘 때도 웃고. 이거…… 말하고 보니까 소름 돋는데? 어떻게 이렇게 소름 돋는 아이디어를 떠올렸냐고 하니까 아빠가 말한 강시를 귀여움 7, 무서움 3으로 표현한 거라고 했다. 그러면서 주동은 두 손을 앞으로 치켜든 채 거실을 콩콩 뛰어다니며 콩콩이 흉내를 냈다.

주동아, 그럼 아랫집 할아버지 시끄러우시잖아.

나는 주의를 줬다. 불현듯 대부분 공동 주택에서 사는 우리나라 현대인들의 특성상, 콩콩이 캐릭터가 실로 엄청난 공포의 대상이라는 생각이 들었다. 층간 소음이라는 삶과 밀접한 공포, 불면과 신경증 유발, 환청, 층간 소음으로 인한 익명의 민원과 감시…… 콩콩이는 동시대성을 띤 새로운 형태의 유령이다……. 이거, 주동은 내 유전자를 물려받은 문학 천재란 말인가? 나는 내 눈치를 보며 온 집 안을 콩콩 뛰어다니는 주동을 바라봤다. 어느 순간 주동과 눈이 마주쳤다. 주동이 콩콩이처럼 입을 길에 늘어뜨리며 웃었다.

  자존심 상하지만, 솔직히 말해 생각하면 생각할수록 주동이 만든 캐릭터가 마음에 들었다. 본능적으로 욕심이 났달까. 소 뒷걸음질치다가 쥐 잡은 격은 여기까지, 이제부터 내가 본격적으로 나설 타이밍이었다. 캐릭터를 만들었으면 캐릭터에 힘을 실어 줄 서사가 필요했고, 나는 커리어 10년의 작가였다. 어쩌면 소설이 아니라 딸과 함께 쓰는 동화가 내게 작가로서 전성기를 가져다줄지 몰라. 젊은작가상을 타는 데 작가로서 운을 끌어모아 쓴 내게 안데르센상 같은 걸 수상할 수 있는 절호의 기회일지 몰라. 콩콩이 이모티콘이나 키 링을 개발하고 대박이 나서 건물주 노릇을 하며 편하게 여생을 보낼 수 있을지도 몰라. 그런데 문제가 하나 생겼다. 동업자가 여덟 살이라는 것을 간과한 것이다. 콩콩이 캐릭터처럼 귀여우면서도 무서운, 그 비율이 7 대 3 정도인 우리 주동이. 언제부턴가 의견이 부딪히면 주동은 삐지고 울고 들들 볶았다. 나는 나대로 주동을 다그치고 닦달하고. 그러던 어느 날이었다. 진진이 퇴근한 뒤 말다툼을 벌이고 있는 우리를 보곤 내게 제발 좀 그만하라고 했다. 나는 이 작품이 가져다줄 찬란한 미래에 대해 설파했다.

가정법이잖아.

진진이 인상을 찌푸렸다. 나는 무슨 말이냐고 했다.

될지 안 될지 모르는 일 아니냐고. 안 될 가능성이 더 크고. 저번에 이 대본만 쓰면 드라마로 대박 난다고 했었지? 또 이 장편만 쓰면 떼돈 번다고도 했지? 좀만 더 고생하라고. 그런데 현실화된 거 있어?

진진이 말했다. 진진의 말대로 현실화된 건 단 하나도 없었다.

그건 아니지만…… 너도 알잖아. 글이라는 게 절대적인 시간이 필요하다니까.

글 이야기를 하는게 아니야. 이 상태로 가다가는 미래 확신이 되는 일이 있어서 그래.

그게…… 뭔데?

우리 딸이 아빠랑 멀어지는 일.

진진이 답했다. 나는 엄마 옆에서 훌쩍대고 있는 주동에게 시선을 옮겼다. 갑자기 주동에게 미안해졌다. 동시에 덜컥 겁도 났다. 더 이상 확률 낮은 데 도전하다가 인생이 꼬여서는 안 된다는 생각이 들었다. 이대로 가다가는 사랑스러운 딸과 멀어지는 건 불 보듯 뻔하고, 동화로 아무런 성과도 내지 못하는 상황도 뒤따라 올 테고……. 무슨 초등학교 숙제로 대박을 내나…… 오버하지 말자, 말이 돼?

그 뒤 나는 정신을 차렸다. 되도록 주동의 의견을 수용했다. 내 상상과는 다르게 동화가 전개되기 시작했다. 마음에 들지 않았지만 꾹 참았다. 동화는 구심점 없이 산만하게 날뛰었고 무턱대고 걷다가 함정에 빠졌다. 그러나 나는 모든 걸 내려놓고 주동을 따라갔다. 그러자 신기한 일이 벌어졌다. 주동과 나 사이가 다시 가까워지기 시작한 것이다. 그리고 놀랍게도 나는 동화를 쓰는 데 완전히 흥미를 잃었다. 기대감 같은 게 사라지자 현실은 다시 지리멸렬해졌고, 어느덧 나는 이 과제가 끝나기만을, 주동의 방과 후 교실이 대충 마무리되기만을 손꼽아 기다리고 있었다. 주동이 고집하는 의견에 맞지, 그래, 네 말이 맞지, 우리 딸 최고네, 영혼 없는 맞장구를 쳐주면서. 나와 달리 주동은 행복해 보였다. 아빠, 이제야 말이 좀 통하네.

주동과 사이가 더 없이 좋아져서 드디어 엄마보다 아빠가 좋다는 이야기가 나올 무렵이었다. 임대인에게 머지않아 계약 만료일인데 전세를 연장하겠냐는 메시지가 왔다. 우리는 최근 이직을 한 진진의 통근 거리 때문에 이사를 염두에 두고 있었고, 이사를 갈 계획이라고 답했다. 집주인은 그럼 부동산에 집을 내놓을 테니 협조해 달라고 했고, 더 나아가 이삿날 부동산에서 만나자는 약속까지 했다. 신혼 시절 중곡동에서 전세 사기를 당한 뒤 조심스러웠지만 임대인의 태도는 자신만만하게 느껴져서 이번엔 다르다는 안심이 됐다. 며칠 뒤 진진의 직장 근처인 성수동에 새 전셋집을 계약했다. 고덕 아파트에 비해 오래된 집이었지만 셋이 살기에는 아늑했다. 서울숲도 근방에 있었고, 한강도 코앞이라 산책하기 좋을 것 같았다. 주동은 전학을 가기 싫다고 칭얼거렸지만, 비밀 공간이 있는 침대와 어린이 책상을 사준다는 제안에 관심을 가졌다. 나도 기대하는 바가 있었다. 시기상, 이사를 가면 더 이상 동화를 쓰지 않아도 된다는 것.

하나 더.

주동이 요구했다.

하나 더?

이사 가기 전에 동화는 꼭 완성해야 해.

주동의 입가에 의미심장한 미소가 떠올랐다.

보아하니 무분별하게 주동의 의견을 수용하다가는 전학

전에 동화를 끝맺을 수 없을 것 같았다. 이대로 가다가는 주동은 약속도 안 지켰는데 전학을 왜 가야 하느냐고 울고불고…… 예상되는 난리통에 상상 PTSD를 겪었고 나는 다시 주도권을 잡아 오는 수밖에 없다고 생각했다. 다만 전과 달리 요령이 생겼다. 유튜브를 보여 주면서 작업을 하면 주동은 동화가 어떻게 돼도 개의치 않았다. 심지어 아빠와 함께 보내는 시간이 세상에서 제일 좋다고 했다. 나는 유튜브를 매개로 마치 초자아처럼 주동의 머리 위에서 내러티브를 조종했다. 진진에게 말하진 않았지만 어쩌면 다시 이 동화로 하여금 무언가 대단한 걸 할 수 있을지도 모른다는 기대감이 싹텄다. 그만큼 작업은 잘 풀렸다. 콩콩이 귀신이 된 이유도 만들었고, 콩콩이가 부모와 헤어진 이유도 정했다. 콩콩이가 더 이상 나이를 먹지 않는 이유도 설정했고, 콩콩이가 안경을 쓰는 걸 싫어하는 경위도 풀어냈으며, 콩콩이가 항상 웃고 다니는 이유도 창작했다. 진진이 퇴근하기 전 집에서 둘이 콩콩이 흉내를 내다가 실제 아랫집의 항의를 받은 적도 있었다. 진진에게는 절대 말하지 못할 우리 둘만의 비밀!

그러던 어느 날이었다. 방과 후 교실이 끝날 때쯤 교사에게 주동이가 수업 도중 울었다는 연락을 받았다. 특별한 일은 없었는데 갑작스레 울었다며 교사도 놀란 목소리로 말했다. 상황을 파악해 보겠으니 걱정하지 말라고 교사를 안심시킨 뒤 서둘러 주동을 마중 나갔다. 터덜터덜 걸어오는 주동의 표정이 어두웠다. 왜 그러냐고 물었는데 주동은 집에 도착할 때까지 말이 없었다. 집에 도착하고 한숨 돌리고 나서야 수업 내용을 따라가기 힘들다고 털어놓았다. 수학 올림피아드 시험을 준비하는 것도 아니고 기껏해야 동화 쓰는 건데…… 왜 울기까지 주동아…… 그렇게 마음고생하면서 하지 않아도 되는데…… 이 말이 목젖까지 나왔지만 참고 무슨 내용인데 그러냐고 물었다. 주동은 공포와 공간에 대한 수업을 했는데, 자신으로서는 어떤 공간도 공포스럽게 느껴지지 않아서 어려웠다고 하소연했다.

엄마, 아빠 탓이잖아.

주동이 투정을 부렸다. 처음엔 무슨 말이지 싶었는데 금세 수긍이 됐다. 우리 탓이 맞았다. 어느 공간에 가나 주동은 우리와 같이 있었기 때문이었다.

숨바꼭질할 때 혼자 있었잖아. 무섭지 않았어?

내가 말했다. 주동은 고개를 가로젓더니 숨바꼭질을 하더라도 엄마, 아빠가 자신을 꼭 찾을 거라는 믿음이 있기 때문에 전혀 그런 생각이 들지 않았다고 했다. 그러면서 과제를 내밀었다.

가장 공포스러운 공간을 묘사해 보세요.

주동은 묘사가 뭐냐고 물었다.
네 눈에 보이는 걸 네 느낌대로 그리는 거지.
내가 답했다.
내 눈에 보이는 거? 아빠의 산적 같은 얼굴?
아니, 아니, 아빠가 공포스럽진 않잖아. 그리고 공간도 아니고.
그건 그렇지.
네가 평소 무섭다고 느꼈던 공간을 쓰란 말이야.
내가 말했다. 주동은 어깨를 으쓱했다. 무섭다와 공간이라는 단어가 매칭이 되지 않는 모양이었다.
흠…… 그럼 외롭게 느껴졌던 공간도 없었어? 네가 아직 어려서 감정을 구분 못 할 수도 있는데, 아빠는 외로움과 공포가 비슷하게 생각이 되어서…….
나는 대안을 제시했다.
외로움이 뭔데?
음…… 혼자라고 느껴지는 것?

맞다!

주동은 입술을 죽 내밀고 생각을 하다가 외쳤다. 그리고 숨바꼭질을 할 때 숨었던 옷장 안에서 비슷한 감정을 느꼈다고 했다.

왜, 아빠가 장난친다고 불도 끄고 문도 닫았는데 그때 이상한 생각이 들었어.

무슨 생각?

엄마, 아빠가 늙어서 죽으면 나 혼자가 되지 않을까란 생각. 지금 옷장에 있는 것처럼.

이렇게 대답한 뒤 주동이 훌쩍훌쩍 울기 시작하더니 눈물을 터뜨렸다. 나는 젤리를 주동에게 건네며 엄마, 아빠는 불사의 존재라 영원히 주동 곁에 있을 거라고 달랬다. 젤리를 오물거리며 금방 눈물을 그친 우리 주동이.

그런데 아빠가 가장 무서워하는 장소는 어디야?

주동이 물었다.

글쎄…….

나는 말을 잇지 못한 채 주위를 둘러봤다. 주방? 싱크대 배관 속 음식물 쓰레기가 가득 싸여 폭발하는 상상이 됐다. 세탁기? 주머니에 담겨 있던 초콜릿과 함께 빨래를 돌리는 것? 작업실에 켜놓은 노트북이 보였다. 마감을 앞두고 마음은 급한데 소설이 떠오르지 않을 때? 상비약을 모아 둔 수납장이 눈에 띄었다. 진진이 외출 중일 때 주동이 갑자기 열이 오르거나 두드러기가 날 때? 주동은 금방 모든 걸 잊고 그림 그리기 놀이를 시작했지만 나는 이 생각을 떨쳐 낼 수 없었다. 어느 순간 나는 내게 스트레스를 주고 있는 방과 후 교실을 떠올렸다. 음습하고 어두침침한 방과 후 교실. 얼굴에 그늘이 한가득 진 남자가 앉아 있다. 그의 두 눈에선 피가 주르륵 흘러내린다. 그가 입을 벌리는데 꺽꺽 소리가 난다. 웃음소리일까. 울음소리일까. 클로즈업. 남자가 고개를 들었다. 어떻게 보면 불안하고 어떻게 보면 슬프고 어떻게 고독한 표정. 놀랍게도 바로 나였다.

어느덧 가을이 무르익었다. 아이들은 낙엽을 밟으며 아파트 단지를 뛰어다녔고, 경비들은 아이들 뒤를 쫓으며 바삭하게 부서진 낙엽들을 쓸고 있었다. 그즈음에도 집은 나가지 않았다. 몇몇이 집을 보러 왔지만 계약까지는 이어지지 않았다. 불안하긴 했지만, 이사를 두 달 앞두고도 임대인에게서 별 연락이 없어서 집이 나가지 않아도 보증금은 줄 수 있는지 알았다. 은행과 전세 보증금 대출 연장 이야기까지 끝났을 때 임대인에게 연락이 왔다. 보증금을 줄 여력이 없으니 새로운 세입자를 구할 때까지 기다려 달라는 것이었다. 나는 깜짝 놀라서 이미 계약을 했다고 했다.

왜 그걸 허가도 없이······.

임대인이 혀를 찼다. 허가라는 말에 욱해서 왜 그걸 허락받고 해야 되냐고 묻자 임대인은 입을 닫았지만 나는 임대인이 속으로 요새 젊은 애들은 개념이 없다며 혀를 차는 걸 느꼈다. 나는 계약을 무를 수 없다며 이사하는 날 반드시 보증금을 돌려줘야 한다고 강조했다. 임대인은 한숨을 푹 쉬며 연락이 오는 사람은 많으니까 기다려 보라고 했다. 나는 재차 보증금을 줄 수 있냐고 물었다. 집주인은 확실하지 않다고 했다.

가장 무서운 것: 불확실성.

「세입자와 거북이 진진」 같은 소동은 더 이상 피우기 싫었다. 읽어 본 독자들은 알겠지만, 「세입자와 거북이 진진」은 전세 사기 경험담을 풀어낸 소설로 과장되게 그렸지만 핵심만은 사실이다. 실제로 보증금은 받았지만 2년이라는 시간이 걸렸고 나는 그 2년 동안 장인어른댁에 얹혀사는 고통의 시간을 견뎌야 했다. 그래서 이번에는 진작 임대인이 보증금을 돌려줄 여력이 없었다면 새 집을 조금 늦게 구하더라도 원만히 협의하고 싶었는데…… 괜히 법적 갑의 위치라고 오만하게 법대로 하라고 굴어 봤자 피를 볼 뿐이니까.

그런데 이미 늦은 거 아니야?

출근 준비를 하던 진진이 내 신세 한탄을 들은 뒤 물었다. 맞다. 원만하게 협의하기에는 이미 늦었지. 우린 이미 새 아파트를 계약했고, 임대인은 돈이 없다는데……. 진진의 장점은 자신의 일을 자신의 일이 아닌 것처럼 바라보는 것이었다. 흠, 그건 진진의 단점이기도 하다. 진진은 감정을 배제하고 한계를 인정한 뒤 지금 이 상황에서 네가 할 수 있는 게 뭔지 생각해 보라며 출근을 했다.

가장 무서운 공간: 장인어른댁.

진진의 말대로 현실적으로 내가 할 수 있는 걸 찾다가 직접 계약을 성사시키기 위해 팔을 걷고 나섰다. 오랜만에 DSLR를 꺼내 집 내부 사진을 찍고 어설프게 포토숍 보정까지 해서 부동산에 보냈다. 아, 부동산에는 내 돈으로 복비를 더블로 준다고 하기도 했구나. 공인 중개사는 전보다 두 배는 사람들을 데리고 왔지만 계약은 번번이 성사되지 않았다. 충수도

10층이라 적당하고 해 잘 드는 남향에 동 간 거리도 넓고 신축이라 깨끗한데 왜 나가질 않지. 공인 중개사는 불경기 핑계를 댔는데, 태어난 이래 불경기가 아닌 적이 없던 터라 그 말을 듣고 보니 더욱 답답해졌다. 인터넷을 검색했더니 집 계약을 성사시킨다는 미신들이 눈에 들어왔다. 가위를 신발장에 넣어 둬라. 집을 보고 간 뒤 담배에 불을 붙여라. 방금 지은 밥 세 그릇을 현관문 밖에 놓고 문을 닫아라. 동전을 동서남북 방향에 붙여 놓아라. 빨간 펜으로 욕을 쓴 뒤 종이를 현관문 아래쪽에 보이지 않게 붙여 두어라. 솔직히 말해 안 해본 것 없이 다 해봤다. 그런데도 현실은 녹록치 않았다. 덕분에 끊었던 담배만 다시 피웠네, 젠장.

시간은 어영부영 흘렀고 이사가 코앞으로 다가와 있었다. 미신에서 벗어나서 이성을 되찾고 생각해 보니 내가 할 수 있는 방법은 두 가지로 좁혀졌다. 이 집에서 잘돼서 나가는 척, 그리고 청소. 잘 풀린 척이 일종의 임기응변이라면 청소는 성실의 척도였다. 임기응변보다는 성실한게 내가 더 잘할 수 있는 부분이라는 생각이 들었다. 업체라도 고용한 듯 매일매일 쓸고 닦아야 한다. 쓰레기, 먼지, 머리카락이 보이지 않는 건 기본. 화장실은 향기로우면서도 최대한 건조하게. 집이 넓어 보여야 하기 때문에 가능하면 수납장에 모든 걸 넣어 놓아야 했다. 뭣보다 벌레는 절대 금물. 특히 바퀴벌레. 진진은 아침부터 청소하는 데 여념이 없는 날 보곤, 집 나가는 건 운명이니 너무 애쓰지 말라고 도인 같은 소리를 했다. 끝까지 안 되면 부모님께 빌려 보겠다는 말도 덧붙였지만 전세 사기를 당했을 때 이미 신세를 진 나로서는 전세 사기를 당하는 것만큼이나 내키지 않았다.

청소를 한 뒤 나는 집에서 가까운 도서관이나 카페에서 작업을 하며 부동산의 연락을 기다렸다. 부동산에서 전화가 오면 기대감에 부풀어 달려갔지. 진진의 말이 맞았다. 집이 나가는 게 운명이라면, 나는 다음 세입자를 구할 때 애를 먹는 운명이었던 것 같다. 나는 보증금을 지키기 위해 운명을 거슬러야 했다. 포기하지 않고 갖은 애를 썼다. 실패해도 괜찮았다. 다시 도전한다는 게 중요하니까. 나를 막을 수 있는 건 아무것도 없었다. 어차피 내가 이 시간에 무언가를 쓰는 것보다 보증금을 받는 데 열과 성을 다하는 게 성과를 내는 데 유리하다는 걸 알고 있었기에. 해도 해도 안 되자 언제부턴가 유료 세입자 구하기 앱에 가입하기도 했다. 정액권을 구입하면 매칭을 해주는 시스템이었는데, 시도 때도 없이 메시지가 와서 정신이 없었다. 바로 답장을 해주지 않으면 집이 나갈 것 같지 않아서 편집증 환자처럼 계속 핸드폰을 쥐고 있었다. 심지어 꿈에서도 답장을 했지. 우리 집에 관심 있으세요? 이래 봬도 바람도 잘 통하고 여름엔 시원하고 겨울엔 따뜻하고……. 이웃들도 모두 좋은 분들이라 층간 소음이라는 걸 경험해 본 적이 없어요……. 제가 이 집에 살면서 아주 잘됐거든요……. 실제로 거래 성사 직전까지 갔던 경우도 있어서 더 집착하게 됐다. 그러던 어느 날 길을 걷다가 넘어져서 핸드폰이 망가졌던 게 기억나네. 나는 왠지 서글퍼서 부서진 핸드폰을 들고 꺼이꺼이 울었다. 핸드폰의 부재가 곧 보증금을 돌려받지 못한다는 것과 같은 의미라고 생각할 만큼 멘털이 안 좋은 시기였던 것 같다. 주동이 나를 달랬던 것도 떠오른다. 아빠, 내 말이 맞지? 핸드폰 없어지면 무섭다고 했잖아.

진진에 의하면 나는 스트레스를 많이 받았는지 예민하게 굴었다. 공포 동화를 쓰면서도 주동에게 잔소리를 퍼부었다. 지금 생각하면 왜 좀 더 어른처럼 굴지 못했을까 하는 생각이 든다. 서사를 장악해라, 감정은 적확하게 서술하라. 이름도 콩콩이가 뭐야, 좀 더 그럴듯하고 유의미한 네이밍 없어?, 서사에는 레이어가 있어야 한다, 네가 지금 쓰고 있는 이야기는 묘사가 없다……. 쓰고 보니 문창과에서 들었던 훈계 같네. 당연한 건가, 어느 순간부터 주동은 나와의 협업을 거부했다. 주동은 진진에게 나와 이야기하면 머리가 지끈거린다고 말했고, 진진은 상황이 심각하다는 걸 깨달았다. 그 뒤부터 나는 공포 동화 프로젝트에서 낙오됐다. 내 자리는 진진이 차지했다. 흘긋 보면 주동과 진진은 뭐가 그리 재미있는지 웃고 떠들며 동화를 썼다. 막상 그렇게 되니까 소외감과 질투심이 느껴졌다. 내가 다 차려 놓은 밥상에 말이야……. 글쓰기가 노는 건 줄 아나……. 잔소리를 퍼붓고 싶었지만 간신히 참았다. 언젠가 주동에게 지나가는 말로 엄마랑 하는 게 왜 더 좋냐고 물어봤다.

아빠는 귀여움 0, 무서움 0인데, 엄마는 귀여움 7, 무서움 3이잖아.

주동이 답했다. 처음에는 언뜻 이해가 가지 않았지만 조금 시간이 흐르자 저절로 고개가 끄덕여졌다. 그러고 보니, 주동이 네가 귀여움 7, 무서움 3인 건 엄마를 닮아서구나.

소외감과 질투도 잠시 공포 동화에서 손을 떼고 시간이 흐르니까 한결 몸과 마음이 가벼워졌다. 더 이상 트러블이 없었지만 주동은 아직 감정이 남았는지 예전처럼 내게 가깝게 다가오지 않았다. 화해의 타이밍을 놓치고 화해를 해야 한다는 사실도 잊을 때쯤 동화는 완성됐다. 그러나 들여다볼 여유가 없었다. 집이 나가지 않았기 때문이었다. 진짜 장인어른 앞에 무릎을 꿇어야 하는가라는 생각밖에 안 들어서 싱숭생숭한 날들이 지속될 때 방과 후 교실 학부모 초청 행사가 열린다는 소식을 들었다. 동화 수업 시간에는 중간 발표회를 한다나. 동화의 한 단락을 하드보드지에 쓰고 그림을 그려서 전시하는 것이었다. 주동은 치사하게 초대장을 진진하게만 건넸다. 진진이 일이 많아서 연차 내기 눈치 보인다며 대신 학교에 다녀오라고 떠밀었다. 처음에는 왜 초대받지도 않았는데 가냐고 튕겼지만, 어른답게 굴라고, 멀어진 부녀 사이를 가깝게 할 기회라고 나를 달랬다. 나는 못 이기는 척 수락했다. 솔직히 내가 없는 사이에 어떤 결과가 나왔는지 궁금하기도 했으니까.

어느 날 학교에서 집으로 오는 사람이었던 콩콩이. 콩콩이는 핸드폰을 보면서 걷다가 공사 중인 하수구 구멍에 거꾸로 떨어져서 거꾸로 콩콩 뛰는 귀신, 콩콩귀신이 되었답니다! 그러다가 콩콩귀신의 핸드폰이 깨졌고, 콩콩귀신에게는 아무도 연락하지 않았습니다. 더군다나 콩콩귀신은 끝끝내 출구를 찾지 못했어요. 평생을 지하에서 숨바꼭질을 하던 콩콩귀신을 아무도 찾아 주지 않았답니다. 엄마, 아빠도 콩콩귀신을 찾지 못했죠. 콩콩귀신 외로워서 엉엉 울었어요. 그 소리는 하수구를 통해 지상으로 올라왔지만 아무도 그게 콩콩귀신의 울음인지 알 수 없었어요. 땅속에서 엉엉 우는 콩콩귀신을 찾아 주세요. 캄캄해서 콩콩귀신의 웃는 얼굴이 보이지 않으므로 누가 들어도 울음이랍니다.

학부모 초청 행사 당일, 시간에 맞춰 학교에 갔더니 패널마다 동화가 전시돼 있었다. 주동이가 그린 그림에는 박살 난 핸드폰과 피눈물을 흘리며 울부짖는 콩콩귀신이 묘사돼 있었다. 가만, 콩콩이 얼굴이 동그랗게 나를 닮은 거 같기도 하고……. 고개를 갸웃거리고 있을 때 저 멀리 방과 후 교실 교사가 보였다. 마음 같아서는 왜 이런 아이디어를 내 학부모 피곤하게 하냐고 우는소리라도 건네고 싶었지만 그를 보자 그런 생각이 바로 달아났다. 내 상상이 맞았다. 그는 뭐랄까 측은했다. 내가 툭 건들면 엉엉 울거나 무릎을 꿇고 사죄할 것 같은 사람. 그래, 그는 바로 나였다. 내가 도서관 상주 작가를 할 때의 모습 같았다. 생계를 해결하기 위해 적성에도 맞지 않는 강의에 열과 성을 다하는 젊은 작가 말이다.

아빠!

그때 주동이 손을 흔들어서 나를 자기 비하적인 환상에서 깨어나게 만들어 줬다. 고맙다. 세상에서 제일 이쁜 우리 딸…….

학부모 초청 행사가 끝난 뒤 주동의 손을 잡고 돌아가는 길이었다. 주동은 선생님이 제일 잘 썼다고 칭찬해 줬다며 신이 나서 미주알고주알 떠들어 댔다. 남은 동화를 얼른 써서 출판을 하고 싶고, 전학을 가서도 동화를 쓰고 싶다고 말이다. 평소 같으면 출판이라는 게 얼마나 고된 건지, 전학을 간 학교에 동화 수업이 있어야 동화를 쓸 텐데, 하며 주동의 말을 논리적으로 반박했겠지만 그날따라 한치 앞도 모르는데 벌써부터 싫은 소리를 해서 주동의 미움을 받을 필요가 있겠냐, 지금은 진진의 충고대로 부녀 사이를 돈독하게 만드는 일이 급선무다 싶어서 참았다. 그렇게 선선하고 맑은 가을 하늘 아래를 주동과 함께 걷고 있는 것. 절대적인 애정을 기반으로 웃으면서 떠들고 있다는 환상 같은 현실. 그렇지, 이런 게 바로 인생이지.

집에 거의 다다랐을 때 부동산에서 연락이 왔다. 지금 집을 볼 수 있냐고, 진짜 계약할 사람 같다는 공인 중개사의 다급한 목소리가 핸드폰 너머에서 들렸다. 나는 주동을 안고 미친 듯이 달렸다. 집에 와서 미처 정리하지 못한 주동의 장난감을 정리한 뒤 환기시키고 있을 때 벨이 울렸다. 내 나이 또래의 부부였는데, 집에 들어오자마자 집이 너무 깔끔하다고 칭찬을 했다. 사진으로 볼 때보다 집이 넓다고 만족하는 눈치였다. 곳곳을 꼼꼼하게 훑어보던 부부는 내게 집에서 살면서 불편한 점이 있었는지 물었다. 전에 살던 집은 환기가 잘 안 돼 습도가 높아 벌레가 많았다면서. 나는 당연히 하나도 없다고 했고 벌레는 단 한 번도 못 봤다고 손사래를 치며 본능적으로 거짓말을 했다. 부부는 그럼 왜 이사를 가냐고 물었고, 나는 마음 같아서는 더 살고 싶은데 이 집에 살면서 와이프가 좋은 조건으로 이직을 하는데 거리가 멀어서 어쩔 수 없이 이사를 하는 거라고 답했다.

이 집에 기운이 좋나 봐요. 아이도 건강하게 잘 자라고요.

나는 주동을 안으며 말했다. 부부는 고개를 끄덕이더니 좋은 일이 있으셨군요, 하고 웃었다.

집 장만해서 간다는 것도 말해야죠.

공인 중개사는 거짓말을 보탰다. 양심에 걸렸지만 나는 그냥 고개를 끄덕였다. 부부는 서울 집값도 비싼데 어떻게 사셨냐며 감탄사를 내뱉었다. 한술 더 떠서 공인 중개사는 이 집에 살던 사람들을 대부분 아는데 다 잘돼서 나갔다고 했다. 부부 중 여자는 주동 또래 아이가 있다며 주동에게 학교는 어떤지 물었고, 주동은 세상에서 제일 좋은 학교라고 말했다. 주동이 나를 보고 눈을 찡긋했고, 나는 주동의 눈치 빠른 모습에 감동하면서도 왠지 짠하기도 했다. 그 뒤 부부와 공인 중개사는 당장이라도 계약할 요량으로 가격과 이사 일정을 조율하는 듯 수근거렸다. 그때였다. 주방 벽면에 바퀴벌레가 보였다. 바퀴벌레는 엄청난 속도로 벽면을 타고 오르락내리락했다. 저절로 비명이 새어 나오려고 하는 걸 간신히 참았다. 주동도 본 듯했다. 평소 벌레만 보면 기겁을 하는 주동이 소리를 지르려고 하는 타이밍에 나는 간신히 주동 입을 막고는 눈짓을 했다. 주동도 알아들었는지 고개를 끄덕였다. 손바닥에서 주동이의 숨결이 느껴졌다. 그때 협의를 마쳤는지 공인 중개사와 부부가 주방 쪽으로 다가오는 게 보였다. 이대로라면 들킬 것 같았다. 나는 재빨리 벽면을 타고 오르는 바퀴벌레를 향해 손을 뻗었다. 언제 이런 초인적인 힘이 있었나 스스로도 놀랄 만큼 빠른 속도로 바퀴벌레를 낚아챘다. 나는 주먹을 쥐고 뒷짐을 지는 척 손을 뒤로 감췄다. 공인 중개사가 내게 이사 일이 언제냐고 물었다. 나는 원하는 일자에 맞추겠다고 했다.

완벽하네요.

부부는 눈치채지 못했는지 나를 보더니 웃어 보였다. 나는 싱긋 웃었다. 바퀴벌레가 주먹 안에서 움직이는 게 느껴졌다.

조건
윤해서

민어와 살구를 주제로 한 세비체입니다.

그가 직원들이 테이블 위에 차례로 놓는 접시들을 보며 말한다.

신부의 여동생이 휴대폰으로 자신 앞에 놓인 민어와 살구가 더 특별하게 보이도록 사진을 찍는다. 대표는 최소한의 재료 설명만을 원하고, 그는 고개를 숙이고 룸에서 나온다. 신부가 케이에게 뭔가 작게 설명하는 목소리가 들린다.

예약 인원이 다섯 명이네요. 두 달에 한 번, 마지막 주 토요일 저녁 시간에 오는 대표 가족의 식사 자리에 새로운 인물이 등장한 것은 처음 있는 일이다. 손님에게 갑각류 알레르기가 있다는 메모가 있었다.

그가 룸에 들어갔을 때, 대표의 가족 모두 평소처럼 반갑게 인사했다. 광택이 도는 네이비 정장을 차려입은 남자가 손님이라는 걸 한눈에 알아보았다.

여기 우리 수석 셰프님.

대표가 긴장한 손님에게 그를 소개했다. 손님과 그가 동시에 목례했다.

저, 혹시.

그가 코스 소개를 마치고 돌아 나가려는데 손님의 목소리가 들렸다. 룸에 있던 모두가 손님을 바라보았다. 그도 손님의 얼굴을 보았다.

케이의 흰 피부에 네이비 정장이 잘 어울린다.

그는 아무 표정도 짓지 않았다.

동창과 이름이 같으셔서.

룸에 있는 모두가 그를 보았다.

셰프님 미국에서 학교 다니셨잖아요? 큰딸이 물었다. 오빠는 외고 나왔어요.

그는 큰딸의 맑은 얼굴을 보았고, 케이가 죄송합니다, 제가 착각했나 보네요, 말하며 대표 내외를 빠르게 살피는 것을 보았다.

큰딸과 케이가 나란히 서서 하객들에게 인사한다.

케이의 친구들이 수군거린다.

그는 주방에서 나가지 않는다.

그는 처음보다 조금 더 허리 숙여 인사하고 방을 나왔다.

셰프님, 계산 잘해요?

그가 한우 암소 스테이크를 구운 방식에 대해 설명을 마쳤을 때, 대표의 아내가 묻는다.

이 사람이 사윗감 뽑는 기준이 딱 하나인데 뭔지 알아요?

대표는 케이를 보고 있고, 케이는 그를 보고 있다.

그는 대표의 아내를 본다.

우리 셰프님은 요리를 잘하시지.

그가 대답 없이 웃고만 있자 대표가 상황을 정리한다.

엄마는 그런 질문을 왜 해?

신부가 테이블 아래에서 케이의 손을 짧게 잡았다 놓는다.

기분 나쁘신 거 아니죠?

아나운서였던 부인의 발음은 언제나 정확하고 그의 문장은 동시에 두 곳 이상을 겨냥한다.

세 여자의 눈웃음이 구분이 안 될 정도로 닮았다.

그는 고개를 잠깐 숙였다가 들면서 케이를 본다.

케이는 눈앞에 놓인 암소 스테이크를 보고 있다. 케이가 고개를 숙인 것처럼 보이는 건 암소 스테이크 때문이다.

가난했던 사람들은 빼기를 먼저 생각해. 그러니까 자기한테 인색하지.

전전긍긍. 뭘 잃었나, 내가 뭘 줬나, 손해만 생각해.

태생이 다르면 아무리 많이 벌어도 달라지지 않아요.

뭘 얻었는지. 항상 그걸 생각하세요.

빼기가 아니라 곱하기.

대표가 그를 처음 만났을 때 했던 말이다.

그는 명품 수트를 입고 있었다. 대표가 입고 있는 수트보다 더 좋은 수트였다.

회계 법인 이름이 뭐라고 했지?

대표는 그가 자신의 빈 와인 잔을 채우는 걸 보며 케이에게 묻는다.

잔에 저가의 레드와인이 채워진다.

직원들이 여럿 오가면 불편하니까.

식사 시작 전, 대표가 와인을 고르고, 오늘은 직접 부탁한다고 말했다.

네, 아버님. 유일입니다.

케이가 대답하고, 그는 케이의 맞은편에 서 있다.

케이의 시선이 와인병을 들고 있는 그의 손에 닿는다.

그는 고개를 살짝 숙이고, 이동해서, 케이의 옆에 선다.

케이가 자신의 잔 아랫부분에 두툼한 검지와 중지를 올려놓는다. 그가 케이의 잔에 3분의 1쯤 와인을 채운다.

케이에게 흔한 남성 향수 냄새가 난다.

유일이 규모는 나쁘지 않은데.

대표가 말끝을 흐리고, 신부가 끼어든다.

오빠 아버지도 회계사세요.

신부의 조급함을 룸의 모두가 본다.

*

그는 창밖을 본다. 동그라미 안에서 동그라미 밖으로. 비행기 한 대가 활주로를 향해 천천히 이동한다. 바닥에 그어진 선이 흐릿하다. 선을 보는 사람도 밟는 사람도 없다. 깃발을 든 남자가 어딘가를 향해 달려간다. 그는 아직 왼손에 휴대폰을 쥐고 있다. 앱을 열고 자신의 이름을 검색한다. 누군가 그의 이름을 검색한다면 보게 될 화면을 본다. 사진들. 살구색 앞치마를 한 그와 나란히 선 사람들의 사진이 화면을 가득 채운다. 그는 인터뷰에서 한 번도 가족에 대해 이야기한 적이 없다. 공개한 정보가 반복적으로 노출된다. 유명 모델과 열애 중이라거나 그의 사주에 자식이 없다는 영상도 검색된다.

앱을 닫고, 안전벨트를 하고, 눈을 감는다.

요리 시작하시게 된 계기가 있나요?
고등학생 때 혼자 유학가신 거예요?
다른 가족분들은 어떤 일 하세요?
결혼은 아직 안 하셨죠?
이상형은요? 어떤 스타일 좋아하세요?

그는 질문들을 떠올린다. 답은 생각하지 않는다. 눈을 뜬다. 안전벨트 등에 불이 들어오고 비행기가 활주로를 달린다. 앞바퀴가 뜨고 뒷바퀴가 뜬다. 몸이 잠깐 중력을 잃는다. 그는 몸을 느긋하게 눕히고 시계를 본다. 케이는 대표의 뒤를 따라 나갔다. 그와 같은 색의 앞치마를 한 직원들이 일렬로 서서 고개를 숙였고, 대표가 웃었다. 그의 왼쪽 어깨를 두드렸다. 대표의 웃음은 몇 시간 전에 먹은 걸 기억하게 하는 트림 같았다. 케이의 향수 냄새가 트림 냄새와 뒤섞였다.

필요한 거 있으세요?

앞자리의 남자가 승무원에게 위스키 주문하는 것을 보고 그는 면세 잡지를 펼친다.

남자의 손목시계, 로퍼, 반바지, 향수.

그는 남자가 자리에 앉을 때 모든 것을 알아보았다.

그도 하나씩은 갖고 있다.

그는 줄곧 같아지려고 노력했다.

다르게 보이려고 애쓰는 애들을 보는 건 흥미로웠다. 개성 연기는 흔했고 계속 흥미를 갖기에는 가치가 없었다.

그에게는 보호색이 필요했고

빠르게 시시해졌다.

그는 보지 않고 페이지를 넘긴다.

보지 않아도 본 것 같다.

익숙한 냄새가 난다.

필요한 거 있으세요?

그는 가까이 온 승무원에게 생수를 주문한다.

한 시간 뒤에 행사가 있다. 위스키는 참는다.

팬이에요.

승무원이 그에게 생수를 건네주며 웃는다.

그도 승무원의 눈을 마주 보고 수줍게 웃는다. 그는 수줍지 않다.

수줍은 웃음은 그의 할머니 것이지만.

그가 웃으면 누구든 방어를 멈춘다.

꺼졌던 안전벨트 등이 소리를 내며 들어오고, 기내 방송이 나온다.

승무원은 그의 옆에 서서 진지한 얼굴로 승객들에게 테이블을 접고, 안전벨트 할 것을 지시한다.

비행기가 급강하한다.

심장이 아래로 떨어진다.

승무원의 몸이 앉아 있는 그에게 쏟아진다.

그가 두 손으로 승무원을 잡는다.

뒤쪽에서 비명이 들린다.

컵은 그의 허벅지와 허벅지 사이에 놓여 있다.

물은 이미 바지에 엎질러졌다.

허벅지가 맞닿은 부분에 물이 스민다.

죄송합니다.

승무원이 몸을 일으키고, 그의 허벅지 사이에 놓인 컵을 들고, 서둘러 냅킨을 가지러 간다. 가는 동안에 두어 번 몸이 휘청거린다.

비행기가 크게 흔들린다.

비명이 들린다.

그의 청바지 색이 짙어진다.

난기류가 현실을 비현실로 만든다.

환상을 깬다.

승무원이 잠시 후 냅킨을 가지고 돌아온다.

안전벨트 등이 꺼진다.

죄송합니다. 정말 죄송합니다.

그는 난처해하는 승무원에게 냅킨을 받아 바지를 닦는 시늉을 하면서 승무원의 발목을 본다. 물은 이미 바지에 스며서 냅킨으로 닦이지 않는다.

괜찮으세요?

죄송합니다. 승무원이 여러 차례 허리 숙여 인사한다.

세탁비라도 드리게 해주세요.

사람들이 거의 울 것 같은 어린 승무원을 보고 있다.

그는 좌석에 가려서 보이지 않는다.

비행기는 착륙하지 못하고 상공에 떠 있다.

그는 벨트를 풀고, 일어선다. 승무원에게 허리 숙여 인사한다.

괜찮습니다, 발목을 좀 보세요.

그는 두 손으로 승무원 스테이션을 가리킨다.

구름은 빠르게 흩어졌다 모이기를 반복한다.

위험한 건 바람이다.

커튼이 크게 부풀어 오른다.

얼핏 커튼 안쪽이 보인다.

그는 내릴 때 그에게 팬이었다고 말한 승무원의 얼굴은 보지 못한다.

다른 승무원을 보고 수줍게 웃는다.

*

그는 테이블 위에 가방을 내려놓고, 습관처럼 TV를 켠다.

커튼을 열어 창밖을 내려다본다.

바다의 끝이 보이지 않는다.

해변에 밀려오는 흰 파도를 본다. 해변을 따라 늘어선 불빛들을 본다. 등대는 보이지 않는다.

파도가 밀려온다. 파도가 밀려온다. 파도가 밀려온다.

잎이 큰 나무들이 바람에 휘청인다.

큰 잎을 단 가지들이 같은 방향으로 쏠린다.

그는 먼 바다를 본다.

검다.

파도의 시작은 보이지 않는다.

평생 못한 일을 손주가 해주네요. 내가 평생 돈을 많이 못 벌었어요.

그는 뒤를 돌아, TV 화면을 본다.

백발의 남자가 말하고, 장면이 바뀌어 그의 손주로 보이는 아이가 나온다.

그는 리모컨을 든 채로 잠깐 서서 아이의 얼굴을 보다가 리모컨을 테이블에 내려놓고 욕실로 들어간다.

물 밑에서 차량 한 대가 들어 올려진다.

공중에 뜬 차량에서 물줄기가 쏟아진다.

그는 물 아래에 오래 서 있지는 않는다.

왼팔부터 빠르게 비누질을 하고, 몸통과 다리를 문지르고, 마지막으로 손이 닿지 않는 등을 닦는다. 물을 틀고, 비눗기가 쓸려 내려갈 수 있도록 샤워기 헤드를 몸의 곳곳에 가까이 가져간다.

전화 부탁드린답니다.

그는 행사 직전 매니저의 메시지를 확인했다. 케이가 연락처를 남겼다.

요시히로와 삼 년째 이 행사를 하고 있고, 만난 것은 일 년 만이다.

피곤해 보여.

두 사람이 양국 레스토랑에서 일 년간 선보일 스페셜 코스 요리를 완성한 후 대표와 두 사람은 사진을 찍었다. 가운데 있던 대표가 두 사람과 악수를 나누고 자리를 뜨자, 요시히로가 그에게 가까이 다가와 말했다.

미안합니다.

그가 뒤로 물러서며 고개 숙이자, 요시히로도 잠깐 그를 바라보다가 고개 숙였다.

그는 물기를 닦지 않고 가운을 걸치고 나온다.

복도 끝 방에 요시히로가 있다.

머리카락에서 물이 떨어진다.

백발의 남자와 그의 손주는 사라지고 교복을 입은 아이들이 운동장을 가로질러 뛰어가고 있다.

그는 아이들의 웃음소리를 등지고 서서 맥주를 마신다.

발코니에 흰 파도가 몰려온다.

바람이 계속 세차게 불고 나무가 부러질 것 같다.

파도가 높다.

그는 보이지 않는 바다의 끝을 보고 있다. 하늘을 보고 있는지도 모른다.

서서 맥주 한 캔을 비우고, 방으로 들어온다.

리모컨을 찾아 음소거 버튼을 누르고, 휴대폰을 들어 케이의 번호를 누른다.

신호가 간다. 케이는 전화를 받지 않는다.

그는 통화 연결음을 들으며 교복 입은 아이들의 물구나무를 본다. 아이들의 손바닥이 부딪치고, 눈꼬리가 처지고, 입이 벌어졌다가 닫히는 동안 소리는 나지 않는다.

그는 전화를 내려놓고 다시 발코니로 나간다. 창밖을 본다.

큰 파도가 온다. 큰 파도가 온다.

아무 소리도 나지 않는다.

그는 숨을 참는다.

그가 소리 없이 이십까지 셌을 때 전화벨이 요란하게 울린다.

어, 난데. 반가워서 그냥 넘어갈 수가 있어야지.

전화로 듣는 케이의 목소리는 그 시절과 크게 다르지 않다.

잘 지낸 거 같아서 보기 좋더라. 들어왔으면 연락 좀 하지.

축하해, 결혼.

그는 달리 할 말이 없다. 침대에 걸터앉는다.

영감이 까다로워서 네가 고생 좀 하겠던데.

그는 호기로운 목소리를 들으면서 암소 스테이크를 내려다보던 케이를 떠올린다.

밖인가 봐?

그에게 노랫소리가 가까이 들린다.

어, 거래처 사람들. 말이 나왔으니 말인데, 나 예약 부탁 좀 해도 되나? 너 유명하다며? 우리 부장이 거기 가보고 싶다는데. 동창 좋은 게 뭐냐. 내가 아버님께 직접 말씀드려도 되지만 그래도 네 체면도 있고 하니까.

그는 소란 속에서 울리는 케이의 목소리를 듣는다.

케이가 교복을 입고 복도에 서 있다.

점멸하는 조명이 벽에 원을 그리며 빠르게 바뀐다.

여자들이 좁은 복도를 지난다.

그는 물구나무를 마치고 바닥에 손 짚고 옆 돌기 하는 아이들을 본다.

학교에서 많은 걸 배운다.

계산 잘해.

케이의 목소리가 들린다.

그도 학교에서 많은 걸 배웠다.

대표는 빼기를 모른다.

해수면이 상승하면 육지가 가라앉는 것처럼 보인다.

여전하지 너?

케이의 목소리가 들린다.

귀뚜라미도 큰까마귀도 지위에 관심이 있다.

그는 갑자기 일어서서 발코니로 나간다.

바깥 창문을 연다.

바람이 쏟아진다.

다른 사람의 불행을 극복에 이용하는 작은 악마들.

아무도 혼자가 아니다.

먼 바다의 파도가 밀려온다.

강한 바람이 소리를 날린다.

케이의 목소리가 드문드문 들린다.

바람에 휘는 나무들이 큰 소리를 낸다.

빼기에 예외는 없다.

파도가 부서진다.

케이가 날짜와 시간을 말한다.

부서진다.

긴 테이블을 가운데 두고 여섯 사람이 마주 앉아 있다.

테이블 위에는 바닷가재 회와 구이가 있다.

궁합이 좋아요, 두 사람.

할머니가 말한다.

아주 상생이랍니다. 새아기가 타고나기를 좋은 밭으로 타고났답니다. 두 사람이 서로 살리는 팔자래요.

아빠가 아줌마를 본다.

아줌마가 할머니를 보고 웃는다.

우리 애가 머리는 좋은데, 남자 보는 눈이 없어서 제가 걱정 많이 했습니다. 궁합이 좋다니 다행이네요.

엄마.

아줌마가 엄마의 손을 잡는다.

손주님이 아주 잘생기셨어요. 키도 훤칠하고. 중학생이라고 들었는데, 다 큰 총각이네. 혼자 알아서 잘하겠어요.

아줌마의 엄마가 말을 돌린다.

그럼요, 잘 컸죠. 할아버지랑 똑 닮았어요. 그 양반이 보셨으면 좋아하셨을 텐데, 그게 제일 안타까워요. 이 녀석 어릴 때 떠나셔서.

할머니가 말한다.

아빠가 할머니의 어깨에 팔을 두른다.

아버지가 워낙 다정한 분이셔서 어머니가 아직도 힘들어하세요.

아빠가 말한다.

아버지 보면 그 아들 안다고, 다정한 건 타고나는 건데. 이렇게 인상도 좋고. 다 저희 애 복입니다.

아줌마의 엄마가 말한다.

척—

식탁 위에 바닷가재의 살점이 뱉어진다.

이상해.

아줌마의 딸이 손등으로 입을 문지른다.

아줌마의 엄마가 손으로 가재의 살을 닦아 내는 동안, 아줌마가 딸의 등을 때린다.

뭐 하는 짓이야, 버릇없게.

할머니가 아빠를 본다.

아줌마의 엄마가 물수건에 손을 문지른다.

애 돌도 안 지나서 혼자 됐는데 애 키우면서 사업도 그만큼 키우는 거 아무나 못 해요. 보통 사람 아니에요.

아빠가 한 달 전에 말했다.

형식적인 자리니까 그냥 인사만 하시면 돼요. 괜한 거 묻지 마시고. 여러 사람 불편하게 하지 마시고요.

그쪽도 사별인가?

남자가 바람피웠대요.

근데 어린애가 있는 게 좀.

저도 있잖아요.

그래도 엄연히 애아버지가 있는데.

그는 거실에서 들려오는 이야기를 방에서 들었다.

잠깐 아무 소리도 들리지 않다가 할머니가 말했다.

일단 생시나 적어 줘봐.

그딴 거 필요 없어요. 떠나면 그만인걸.

말은 그렇게 하고 아빠는 적었나 보다.

그는 그런 생각을 하다가,

어린애가 가재 살을 뱉는 걸 보고 놀라서 씹던 살을 꿀꺽 삼킨다.

공부는 잘하니?

놀란 그에게 아줌마의 엄마가 묻는다.

그럼요, 공부도 잘하고, 착하고, 말썽 한번 부린 적 없는 애예요. 어미가 부끄러운 짓은 하지 말라고 잘 가르쳤거든요, 워낙 어릴 때부터.

할머니가 말한다.

어머니.

아빠가 할머니에게 눈치를 준다.

아니, 나는 그런 뜻이 아니고.

우리 강아지, 오빠 생겨서 좋겠네.

아줌마의 엄마가 또 말을 돌린다.

오빠 아니야.

아줌마의 딸이 말한다.

어린애 눈에 눈물이 고인다.

그는 바닷가재의 머리를 본다.

붉다.

울고 싶은 거 같다.

고개를 숙이려고 한 것은 아닌데, 점점 고개를 숙이게 된다.

그는 방충망을 열고, 난간을 잡고, 몸을 내민다.

아직 마르지 않은 머리카락이 사방으로 날린다.

어디선가 떨어진 물방울이 볼에 튄다.

난간이 그의 허리까지 온다. 허리를 좀 더 숙인다. 손에 힘을 꽉 준다.

누군가 베란다 난간이 무너져서 추락사했다는 뉴스를 본 기억을 떠올린다.

담배 냄새가 난다.

허리를 숙이고 고개를 떨구고, 손에 힘을 풀어 본다.

뭐 하세요?

놀라서 난간을 꽉 잡고 동시에 고개를 든다.

옆 발코니에서 얼굴을 내민 사람과 눈이 마주친다.

아무것도 아닙니다.

그가 고개를 살짝 숙인다.

창문을 닫으려는데, 옆 발코니에서 목소리가 들린다.

몰상식해.

거의 창에 대고 외치는 소리다.

그는 창문을 닫는다.

갑자기 바람이 그치고 고요하다.

먼 바다에서 파도는 밀려오고 나무는 휘어진다.

웃음이 터진다.

닫힌 창 가까이 선다.

더 가까워질 수 없을 만큼 가까이 선다.

뒤꿈치를 들고 몸을 앞으로 조금 숙인다. 이마가 창에 닿는다. 턱을 내린다.

코를 창에 대고 얼굴을 창 쪽으로 누른다.

오빠, 나 못생겼지?

동생이 자주 하던 장난이다.

걔가 거실 바닥에 배를 깔고 엎드려 동생을 본다.

씨발 네가 더 몰상식해.

어디선가 소리가 울리고

침대에 엎드린다.

그는 같아진다.

*

 키 큰 나무들이 서 있다. 고개만 들어서는 나무들의 끝이 보이지 않는다. 그는 허리에 양손을 받치고 몸을 뒤로 넘겨 나무들을 올려다본다. 가지는 서로의 방향을 안다. 서로의 위치를 가늠하고 멈춰 선다. 잎들이 솟아오르고, 자라고, 두꺼워지고, 물들고, 서로에게 닿는다. 허공을 채운다. 잎들 사이로 햇살이 잠깐씩 비쳐 들어오고, 숲은 고요하다. 그는 나무들 사이에 가만히 서 있다. 물이 썩으면 뿌리도 썩는다. 젖은 나무 냄새를 맡는다. 흙냄새를 마신다. 이 숲에 오면 언제나 들을 수 있는 새들의 소리를 듣는다. 그에게는 대화로도 음악으로도 들리지 않는다. 새소리는 알아들을 수 없어서 아름답다. 그는 움직이지 않는다. 사람들의 소리가 가까워지다, 멀어진다.
 여기서 찍자.
 좋은데.
 다리 짧아 보이잖아. 앉아서 찍어 봐, 카메라 거꾸로 들라니까.
 사진 찍는 소리가 들리다 멀어진다.
 언젠가는 반나절을 가만히 있는다.

저기 사람 아냐? 숲속에.

귀신 아니지?

피해서 찍어.

저기요, 저기요.

진짜 귀신인가.

그의 눈에는 그들이 보이지 않는다.

그는 산책로를 등지고 서 있다.

뒤를 돌아도 그들이 보이지 않으면.

그때 그는 놀라게 될까.

숲으로 좀 더 들어가고 싶지만, 산책로를 벗어나지 말라는 표지판이 곳곳에 서 있다.

저 사람 방금 움직였어.

귀신도 움직일 수 있잖아?

바람이 불고, 잎이 서로에게 부딪친다.

그의 머리카락이 바람에 날린다.

잎들의 소리가 들린다.

나는 무엇인가?

그는 가만히 서서 질문하지 않는다.

살아 있다.

나에게 자유 의지가 있나?

그는 나무들 사이에서 질문하지 않는다.

누군가의 마지막 선택으로 살아남았다.

내가 선택한 것인가?

그는 지나는 구름 사이로 햇살을 맞으면서 질문하지 않는다.

그것이 누구의 선택인지 모른다.

옳고 그름을 판단할 수 있나?

그는 조금씩 달라지는 새소리를 들으며 질문하지 않는다.

누구의 잘못인지 모른다.

용서하거나 이해할 수 있나?

그는 갑자기 쏟아지는 눈을 맞는다.

살릴 수 없었나?

그는 살아 있는 자신에게 묻는다.

나는 살았다.

묻는다.

나는 살았다.

묻는다.

나는 살았다.

묻는다.

한 번도 제대로 답할 수 없다.

조건 윤해서

네 식구는 바다를 내려다본다.

항구에 불빛이 별 같다고 동생이 창에 코를 붙이고 말한다.

이거 마셔 봐.

그는 차를 한 모금 마시면서 동생이 아줌마에게 오는 것을 본다.

아침에 일어났을 때 호텔에는 아무도 없다.

찻잔은 테이블 위에 있고, 그들의 짐은 그대로다.

편지나 메모는 없다.

그는 기다린다.

지하 주차장에 내려가 보지만 차는 보이지 않는다.

아줌마가 운전석에 있었다.

그가 알게 된 건 그게 전부다.

집에 개가 있다.

그는 개가 문을 보고 짖을 때마다 문을 본다.

묻는다.

그는 위스키를 한 잔 들고 창밖을 본다.

창에 비친 자신의 얼굴을 본다.

큰 파도가 부서진다.

비행기는 흔들림 없이 날고 있다.

그는 어떤 기억도 바깥으로 꺼내지 않는다.

그게 전부가 아니야. 그런 말이었나.

그게 전부야. 그런 말이었나.

그는 창밖을 본다.

얼굴이 보인다.

*

아무도 밟지 않은 눈 위를 걷는다. 그는 푹푹 빠지는 눈 아래가 길인지 아닌지 알 수 없다. 모든 게 처음이다. 그는 누군가를 업고 있고 온기를 느낀다. 눈 위를 왜 걷게 됐는지 알 수 없지만 빨리 빠져나가야 한다고 생각한다. 사방에 보이는 것은 눈뿐이고, 발이 푹푹 빠져서 앞으로 나아가고 있다고 생각하지만, 방향을 가늠할 수 없다. 그가 서둘러 발을 움직여야 한다고, 앞으로 나아가야 한다고 생각할 때 등에서 누군가 떨어진다.

그는 놀라 뒤로 돌고, 주저앉는다.

바람이 세차게 불고 그의 입에서 아무 소리도 나오지 않는다. 어디에서 달려온 것인지 나이 든 사람들이 가까이 다가온다. 아이는 눈을 감고 있다. 어쩔 줄 모르는 그를 밀치고 두 사람 중 한 사람이 아이를 업고, 달린다. 그는 그들을 따라 달린다. 분명 사방에 눈밖에 없다고 생각했는데, 멀지 않은 곳에 그들의 집이 있다. 아이는 작은방에 누워 있다. 그는 숨죽이고 아이를 본다.

  아이가 죽을까 봐

  그는 울고 있다.

  이불 밖으로 나온 아이의 작은 손을 덜덜 떨리는 두 손으로 잡는다. 뜨겁다. 아이의 몸에서 열기가 느껴진다. 그는 고개를 숙여 아이의 코에 귀를 대본다. 그때 훅, 아이가 숨을 토한다. 아이의 입가에서 쏟아져 나온 숨이 선명하게 그의 뺨에 닿는다. 아이의 숨은 달고 미지근하다. 문밖에서 새가 운다.

  서로 다른 새들의 소리가 아주 가까이 들린다.

  그는 눈을 뜨고 익숙한 소파의 등받이를 본다.

  뺨에 흐르는 것은 눈물이다.

  돌아눕는다.

  창밖으로 빨갛게 익은 토마토가 보인다.

  비를 맞고 있다.

  머리 위쪽 소파 손잡이 위에 휴대폰이 놓여 있다. 그는 시간을 확인하려고 손을 뻗는다.

  순수하게 그립다.

이상한 말이다.

그는 메신저 앱 상단에 떠 있는 메시지를 읽고, 순수하게 그립다. 앱을 닫는다.

저번처럼 해주는 거지?

케이는 예약 확인 메시지를 받고 그에게 물었다. 며칠 전 문장이 그대로 떠 있다.

몸이 좋지 않다, 오늘 잘 부탁한다. 그는 매니저에게 메시지를 보낸다.

너를 알았고, 시시해졌어.

그게 다야?

표정이 떠오른다.

순수하게 그립다는 건 이상하다.

그는 순간들을 떠올린다.

말하는 것과 듣게 되는 것이 꼭 같지는 않다.

말한 것과 들은 것이 정확히 같을 때

돌이킬 수 없다.

거리가 사라진다.

벨이 울린다.

그는 움직이지 않는다.

창을 타고 흐르는 비를 보고 있다.

창 너머에 토마토가 있다.

폭우가 된다면 텃밭의 작물들을 모두 잃을 수도 있다.

벨이 울린다.

대문 밖에 한 사람이 서 있다.

그에게는 보이지 않는다.

그는 저 벨이 지나가면 여린 잎부터 거두어야겠다고 생각한다.

벨이 울린다. 전화벨이다.

요시히로.

그는 받지 않는다.

벨이 울린다.

요시히로.

그는 통화 거절 버튼을 누른다.

메시지 알림음이 울린다.

살려 줘.

벨이 울린다.

그는 몸을 일으킨다. 문을 열고 나간다. 텃밭 사이를 지나 대문을 연다.

빗줄기가 굵어서 따갑다. 요시히로가 비를 맞고 있다.

그는 문을 열고, 복도 끝 방을 향해 갔다.

순순하게 도망칠 곳이 필요했어.

그가 일주일 전 요시히로 옆에 누워 했던 말이다.

요시히로가 대문을 넘어 들어온다.

그대로네.

대문이 닫히는 소리를 들으면서 그는 허리를 굽혀 발 앞에 루콜라 잎을 딴다.

이미 바닥에 누운 잎들이 서로 엉겨 붙어 있다.

고랑에 물이 고이기 시작한다.

다 젖은 요시히로가 말없이 열무를 뽑는다.

뽑힌 열무들이 요시히로의 왼팔에 쌓인다.

시간이 차례로 뽑혀서 고랑 끝에 닿는다.

네 요리에는 하나의 욕망만 있어.

그게 나한테는 테두리가 없는 구멍으로 보여.

살리고 싶다.

*

그가 침대 헤드에 허리를 기대고 앉아 요시히로를 내려다본다.

요시히로는 잠들어 있다. 요시히로의 숨이 그의 옆구리에 닿는다.

익숙한 살냄새가 방에 가득하고,

그는 요시히로를 깨우고 싶다.

허리를 숙여 요시히로의 입술 사이에 혀를 넣는다.

요시히로가 입을 벌리면서 깨어난다.

서로 밀어 넣기를 반복하면서 시간이 멈춘다.

잠이 들었다 깨기를 반복한다.

목이 탄다.

배가 고프다.

액체들로 끈적거린다.

침실에는 창문이 없다.

몇 시지?

요시히로가 묻는다.

시간이 흐르기 시작한다.

그는 거실로 나온다.

창문을 연다.

비는 그쳤다.

시원한 바람이 들어온다.

케이는 세 번 전화했고, 두 개의 메시지를 남겼다. 스무 시간 전이다.

오래전 기사 링크와 영상 하나.

그는 그 기사를 요시히로에게 보여 준 적이 있다. 외고에 재학 중인 아들은. 그는 기사의 모든 문장을 외우고 있다.

영상을 클릭한다.

그의 얼굴이 나타난다.

카메라는 숨어 있다. 기둥의 가장자리가 보이고, 화면이 흔들린다.

누군가 그를 잡고 있고

그의 입이 벌어진다.

그는 영상을 닫는다.

케이에게 온 메시지를 대표에게 전달한다.

케이를 삭제한다.

요시히로가 침실에서 나온다.

욕실로 들어갔다가 잠시 후 허리에 수건을 두르고 나온다.

토마토를 씻어서 꼭지도 따지 않은 채 그에게 건넨다.

두 사람이 나란히 앉아 토마토를 문다.

시시한 건 좀 어때?

요시히로는 바닥에, 그는 소파에 앉아 있다.

토마토즙이 턱을 타고 흘러 아랫배로 떨어진다.

예전에 살던 집에 개가 있었어. 동생 개. 살구.
여기 문 앞에서 죽었어.
살구가 계속 기다렸어.
문 가까이 묻었다. 저기.
그가 오른손을 들어 창밖을 가리킨다.
어둠 속에 한 개의 열매가 달려 있는 토마토 줄기가 있다.
보이는 것은 어둠뿐이다.
요시히로가 그의 무릎 위로 돌아온 손을 문다.
밖은 고요하고, 밭은 엉망이다.
살구나무에 살구가 맺혀 있다.

묻다

발행일 2025년 10월 20일 초판 1쇄

지은이 김솔, 김홍, 박지영, 오한기, 윤해서
발행인 홍예빈
발행처 주식회사 열린책들

경기도 파주시 문발로 253 파주출판도시
전화 031-955-4000 팩스 031-955-4004
홈페이지 www.openbooks.co.kr 이메일 literature@openbooks.co.kr

Copyright (C) 김솔, 김홍, 박지영, 오한기, 윤해서, 2025, *Printed in Korea*.
ISBN 978-89-329-2538-7 04810
ISBN 978-89-329-2536-3 (세트)